KB270309

사는 일은 늘 기적이다

사는 일은 늘 기적이다

한정찬 제30시집

인쇄일 | 2025년 09월 15일
발행일 | 2025년 09월 19일

지은이 | 한정찬
펴낸이 | 김영빈
펴낸곳 | 도서출판 시아북(詩芽Book)

출판등록 | 2018년 3월 30일
주소 | 대전광역시 동구 선화로214번길 21(3F)
전화 | (042) 254-9966
팩스 | (042) 221-3545
E-mail | siab9966@daum.net

값 12,000원

ISBN 979-11-94392-42-2(03810))

* 잘못된 책은 바꿔드립니다.

* 본 도서는 2025년도 충청남도, 충남문화관광재단 의 후원으로
  발간되었습니다.

사는 일은 늘 기적이다

한정찬 제30시집

시야북
詩芽BOOK

나에게 시집은 문학 작품 발표 활동 등이 쌓인 곳간이다.

나는 천성이 조금 부지런하여 기록하는 것을 참 좋아한다.

1988년부터 지금까지 작품 발표 등을 7P(활자 크기)로 1회 한 줄로 게재한 것이 A4용지로 40여 쪽이 된다. 이 정도면 많은 활동을 기록했다는 것을 의미한다.

또한 문학 발표 등 기사를 모은 양면 스크랩북이 24권이 된다.

늘 '한 결의 꾸준'은 나와의 약속이다. 항상 119정신으로 늘 깨어 있는 모습을 유지하고 삶의 시간을 잠시도 허투루 보내지 않으려고 노력하고 있다. 위급한 사람 생명을 구하듯 내 나름대로 삶의 기준을 정해 두고 치열하게 살아가고 있다.

각설하고, 지금까지 내가 발간한 단행본 시집 및 시 전집·시선집에 수록된 작품 편수는 다음과 같다.

제1시집 52편, 제2시집 57편, 제3시집 55편, 제4시집 79편, 제5시집 126편, 제6시집 102편, 제7시집 100편, 제8시집 44편, 제9시집 89편, 제10시집 68편, 제11시집 75편, 제12시집 354편, 제13시집 79편, 제14시집 107편, 제15시집 366편, 제16시집 122편, 제17시집 150편, 제18시집 106편, 제19시집 108편, 제20시집 170편, 제21시집 424편, 제22시집 112편, 제23집 141편, 제24시집 82편, 제25시집 129편, 제26시집 232편, 제27시집 124편, 제28시집 101편, 제29시집 120편 제30시집 147편으로 4,021편이다.

제1시전집 326편, 제2시전집 438편, 시선집 165편으로 929편이다.

이번 시집 '사는 일은 늘 기적이다.'를 탈고했을 때 내게 에너지가 많이 소진됐다.

소진된 에너지 재충전을 위해 시원한 곳 몽골고원으로 여행을 잘 마치고 왔다.

낯선 곳에서 몽골인들의 생활상, 대자연을 소재로 몇 편의 시를 쓰게 되었다.

다음 시집발간 때 수록할 예정이다.

항상 내게 시작詩作의 달란트를 주신 온전하신 하느님께 감사를 드린다.

2025년 팔월

한정찬

■ 차례

사는 일은 늘 기적이다

칠월 서정抒情

초목이 살찐 채로 뒤뚱거리고
바람은 힘겹게 온몸을 흔들며
열정으로 뚜벅뚜벅 걸어간다.

피는 꽃들은 천둥소리만 들어도
겁먹은 경기驚氣로
하늘을 멀뚱히 쳐다본다.

먹구름을 몰아 와 천둥소리 커지면
온 도량은 좌불안석坐不安席처럼
모두가 그 나름대로 기도에 든다.

산천초목에 정령精靈이 머물고
일월은 심혈로 삶을 연마鍊磨하다가
절벽 같은 세련된 기도에 머문다.

칠월의 햇빛은 풍경화가 되고
한 해의 절반은 사랑에 빠져
수채화로 얼굴을 바꾸고 있다.

뜨거운 햇살 아래 산하山河는
고달픈 심신으로 일상에 스며

온유한 모습의 안도감을 준다.

녹음의 짙푸른 팔부능선에
진초록 향기에
성숙한 구름은 바람에 실려
얼굴 반쯤 가린 채 지나가고 있다.

8월엔

땡볕에 들에 나가지 말라는 방송은 이미 나오고
아직 옹골차게 속 채워가는 농작물은 후끈하다.
한줄기 뜨거운 바람을 불고 지나가는 8월이다.

짙은 녹색이 세상에 차고 넘쳐 천지에 가득하다.
8월엔 강물을 가로질러 온 하늬바람이어도 좋다.
여름꽃에 홀긴 눈을 귀엽게 봐줘도 좋은 일이다.

8월엔 너의 뜨거운 사랑을 익힐 걸 그러나 보다.
후끈한 바람으로 달구어 쓸고 간 기후의 반란이다.
무더위 한시름 보태지 못하고 맨발로 뛰며 오가고 있다.

애타서 울어대는 보리매미가 애간장 쓸어내리고 있다.
지구를 데운 기류도 하트로 초록 친구 생명을 응시한다.
8월엔 정수리에 가르마를 젖히고 새들이 실컷 노래한다.

8월엔 타들어 간 농심農心이 멍멍이 혓바닥처럼 늘어났다.
농작물은 안간힘으로 살 부쳐 버티며 영글어 가고 있다.
이미 예견한 가을 준비를 하는 사이 하늘에 별 빛난다.

8월엔 그리운 이에게 그간 밀린 안부 잔뜩 전해도 좋다.
8월엔 팔팔한 여름을 아름답게 보낼 여유를 가져도 좋다.

구월

구월에는 지난 팔월 이야기는 홀가분히 잊어버리고 보내자.
그리고
마음에 남는 사랑으로 구월을 마음껏 누리자.

하늘은 높아 가고 폭염暴炎은 패잔병처럼 오합지졸이다.
더 나갈 곳 없어 방황하는 여름도 날개 접고 있다.
구월에는 여름 내내 눈目 시려 찡그린 얼굴 펴고
이별보다 아픔을 더 받은 마음 추스르고 반겨야겠다.
혹여나 먼 길 떠나려는 새들의 가벼운 날개깃처럼 여유롭게
새털구름 같은 온정을 산구절초 피는 곳에 심어두어야겠다.
구월은 부질없는 일 같은 햇살은 곳곳에 반박하고 있다.
환하게 웃어보자. 입 안에 고인 침이 괄호처럼 벌어진다.
유난히 노을이 많은 서산에는 황홀한 구름이 그리움에
하나 더 손금을 펼치고 있고 사람들 여전히 설렘도 없다.
보라, 구월이여. 산맥은 산맥으로 강물은 강물로 남았다.
저희끼리만 따라가는 곳 닿는 곳마다 가을꽃이 벙근다.
구월이 오면 엎질러진 일들은 미련 없이 그림자로 남겨두자.
우리의 인연은 젖은 낙엽에 구월 이야기를 몽땅 표기해 두자.

구월에는 지난 팔월 이야기는 홀가분히 잊어버리고 보내자.
그리고
마음에 남는 사랑으로 구월을 마음껏 누리자.

시월에는

그리운 사람의 소식이 고추잠자리처럼 날아왔다.
노을빛 단풍이 저녁노을처럼 붉게 타고 있는데
이름만 불러도 울컥 그리운 사람이 연락도 없이
갑자기 찾아 와 달빛을 쓸어 담고 별빛을 줍고 있다.

아! 시월에만 가슴에 스며 흘러가는 강물을 둔치에서
아득히 바라보며 이제 와 지난날을 생각해 무엇하리.
돌담처럼 낮은 내 목소리가 잊어버린 약속을 꺼낸다.

등 뒤에 밤물결 소리 지그시 눈을 감고 사랑을 꿈꾼다.
잔잔히 고인 침묵이 흐르고 어스름한 어둠의 불빛 속으로
알 수 없는 부호가 가득한 산골에서 향수로 반짝인다.

아! 나도 숱한 낙엽처럼 돌담 아래로 물들고 싶다.
좀 더 겸손한 성숙에 순응하는 향기로 물들고 싶다.
더욱 따뜻한 언어로 고운 시월의 인연을 닮고 싶다.

영원은 기약도 없고 머무는 것이 아픔인 줄 알았을 때
시월에는 그리운 사람이 있는 거리고 달려가고 싶다.

시월에는 두 팔 벌려 가슴 열고 마른 바람 더 불기 전에
그리운 사람 손 꼭 잡고 사랑 꿈꾸는 사람이 되고 싶다.

11월

가장 짠한 달은 11월이다.
막내같이 짧게 느껴지는 11월은 햇살도 비스듬히 눕고
그 짠한 마음 가슴에 담은 채 12월로 바통을 넘겨준다.
여유보다는 조급에 더 무게가 가는 조바심의 11월이다.

가장 욕심의 달은 11월이다.
한해의 성장을 훤히 다 내보이는 11월에 더 오래 살기 위해
이 한 겹 한 겹 더 옷을 걸쳐 입고 12월로 갈 각오를 한다.
비움보다는 채움에 더 눈금이 가는 욕심의 11월이다.

솔직함의 이중잣대다.
능골 사이로 시린 바람이 분다.
11월은 명치 끝에서 고통을 느끼는 영장류는 스산하다.
늦은 가을비가 무량함으로 천지를 적시고 있다.
햇빛과 바람 그리고 시간의 변곡점에서 감사로 기도를 한다.

11월의 비워진 나무 앞에서 맹추위에 견딜 나뭇가지를 본다.
11월의 대지에 쌓이고 덮인 포근한 낙엽의 사랑을 생각한다.
11월에 남아 흔들리는 영혼의 채색옷에 짧은 햇살을 걸어본다.

119소방대의 사이렌 소리가 켜켜이 떨어져 소멸하는
11월에는
아무리 바빠도 외롭다. 아무리 긴장해도 덤덤하다.

섣달의 주문

다시 걸을 준비하자. 양보는 양보로 배려는 배려의 진솔함이다.
더러는 실망 절망이 있어도 포기하지 말자. 다시 시작하면 된다.
섣달은 끝나는 달이 아니라 더 열심히 사랑하는 용기 갖으란 달이다.

섣달에는
살면서 부딪혀 모가 난 상처 있으면 화해로 곧바로 치유하게 하자.
남은 미련은 가슴에 간직한 채 아쉬움 있어도 기꺼이 점화해야 한다.
다가올 한 해를 기대하는 일을 복을 짓는 성화로 타오르게 해야 한다.

섣달에는
떠도는 바람이 머물 곳 잃어 애환의 부스러기로 퇴적되어도 좋다.
해마다 이맘때면 어제와 별 다를 바 없는 내일이 반복해온다 해도 좋다.
우리 모두에게 한결같이 새로운 윤회를 꿈꾸고 은총을 가슴 듬뿍 받자.

섣달에는
부딪힐 일에 두려움에 걱정하지 말고 늘 하면 된다는 신념을 갖자.
슬기로운 사람으로 부족함에 만족할 수 있는 감사함을 듬뿍 느끼자.
한 해 삶에 용기가 되어줄 희망의 눈부신 메시지를 기꺼이 주고받자.

섣달에는
긍정의 투정 맑은 영혼 밝은 지혜가 우리들의 영혼에 깃들기 염원하자.

삶의 약자弱者에 사랑이 넘쳐나도록 최선의 삶을 인도하게 하자.
부족한 삶에 지혜로운 마음이 스펀지처럼 스며들도록 은총을 주자.

섬에 살다

하늘도 그 섬에 그가 살고
땅에도 이 섬에 내가 산다.
열어도 그 섬에 그가 살고
닫아도 이 섬에 내가 산다.
사랑도 그 섬에 그가 살고
이별도 이 섬에 내가 산다.
화나도 그 섬에 그가 살고
참아도 이 섬에 내가 산다.
붙여도 그 섬에 그가 살고
떼어도 이 섬에 내가 산다.
일해도 그 섬에 그가 살고
쉬어도 이 섬에 내가 산다.
뛰어도 그 섬에 그가 살고
걸어도 이 섬에 내가 산다.
갚아도 그 섬에 그가 살고
말아도 이 섬에 내가 산다.
주어도 그 섬에 그가 살고
받아도 이 섬에 내가 산다.
기억도 그 섬에 그가 살고
상실도 이 섬에 내가 산다.
좋아도 그 섬에 그가 살고
싫어도 이 섬에 내가 산다.

접어도 그 섬에 그가 살고
펼쳐도 이 섬에 내가 산다.
밀려도 그 섬에 그가 살고
당겨도 이 섬에 내가 산다.
주어도 그 섬에 그가 살고
받아도 이 섬에 내가 산다.
말라도 그 섬에 그가 살고
불어도 이 섬에 내가 산다.
상수도 그 섬에 그가 살고
하수도 이 섬에 내가 산다.
주워도 그 섬에 그가 살고
버려도 이 섬에 내가 산다.
알아도 그 섬에 그가 살고
몰라도 이 섬에 내가 산다.
팔아도 그 섬에 그가 살고
팔려도 이 섬에 내가 산다.
잡아도 그 섬에 그가 살고
놓쳐도 이 섬에 내가 산다.
어제도 그 섬에 그가 살고
오늘도 이 섬에 내가 산다.
안전도 그 섬에 그가 살고
위험도 이 섬에 내가 산다.
당겨도 그 섬에 그가 살고
밀어도 이 섬에 내가 산다.
웃음도 그 섬에 그가 살고
울음도 이 섬에 내가 산다.

희망도 그 섬에 그가 살고
절망도 이 섬에 내가 산다.
스쳐도 그 섬에 그가 살고
닿아도 이 섬에 내가 산다.
날아도 그 섬에 그가 살고
기어도 이 섬에 내가 산다.
눈물도 그 섬에 그가 살고
한숨도 이 섬에 내가 산다.
기쁨도 그 섬에 그가 살고
슬픔도 이 섬에 내가 산다.
가난도 그 섬에 그가 살고
부자도 이 섬에 내가 산다.
불러도 그 섬에 그가 살고
들어도 이 섬에 내가 산다.
보아도 그 섬에 그가 살고
외면도 이 섬에 내가 산다.
공동도 그 섬에 그가 살고
독박도 이 섬에 내가 산다.
찾아도 그 섬에 그가 살고
잃어도 이 섬에 내가 산다.
열어도 그 섬에 그가 살고
닫아도 이 섬에 내가 산다.
이상도 그 섬에 그가 살고
이하도 이 섬에 내가 산다.
올라도 그 섬에 그가 살고
내려도 이 섬에 내가 산다.

앞에도 그 섬에 그가 살고
뒤에도 이 섬에 내가 산다.
긍정도 그 섬에 그가 살고
부정도 이 섬에 내가 산다.
찬성도 그 섬에 그가 살고
반대도 이 섬에 내가 산다.
후회도 그 섬에 그가 살고
미련도 이 섬에 내가 산다.
마중도 그 섬에 그가 살고
배웅도 이 섬에 내가 산다.
시인도 그 섬에 그가 살고
부정도 이 섬에 내가 산다.
빨라도 그 섬에 그가 살고
늦어도 이 섬에 내가 산다.
당선도 그 섬에 그가 살고
낙선도 이 섬에 내가 산다.
강의도 그 섬에 그가 살고
결강도 이 섬에 내가 산다.
누워도 그 섬에 그가 살고
앉아도 이 섬에 내가 산다.
같아도 그 섬에 그가 살고
달라도 이 섬에 내가 산다.
물어도 그 섬에 그가 살고
답해도 이 섬에 내가 산다.
부자도 그 섬에 그가 살고
가난도 이 섬에 내가 산다.

검소도 그 섬에 그가 살고
사치도 이 섬에 내가 산다.
심어도 그 섬에 그가 살고
파내도 이 섬에 내가 산다.
습해도 그 섬에 그가 살고
건조도 이 섬에 내가 산다.
선의도 그 섬에 그가 살고
악의도 이 섬에 내가 산다.
화목도 그 섬에 그가 살고
다툼도 이 섬에 내가 산다.
높음도 그 섬에 그가 살고
낮음도 이 섬에 내가 산다.
오름도 그 섬에 그가 살고
내림도 이 섬에 내가 산다.
이성도 그 섬에 그가 살고
감성도 이 섬에 내가 산다.
부모도 그 섬에 그가 살고
자식도 이 섬에 내가 산다.
과거도 그 섬에 그가 살고
현재도 이 섬에 내가 산다.
같아도 그 섬에 그가 살고
달라도 이 섬에 내가 산다.
은혜도 그 섬에 그가 살고
염치도 이 섬에 내가 산다.
안락도 그 섬에 그가 살고
고통도 이 섬에 내가 산다.

고움도 그 섬에 그가 살고
미움도 이 섬에 내가 산다.
상시도 그 섬에 그가 살고
한시도 이 섬에 내가 산다.
주어도 그 섬에 그가 살고
앗아도 이 섬에 내가 산다.
전쟁도 그 섬에 그가 살고
평화도 이 섬에 내가 산다.
밝음도 그 섬에 그가 살고
어둠도 이 섬에 내가 산다.
태연도 그 섬에 그가 살고
놀람도 이 섬에 내가 산다.
살아도 그 섬에 그가 살고
죽어도 이 섬에 내가 산다.
반겨도 그 섬에 그가 살고
외면도 이 섬에 내가 산다.
저래도 그 섬에 그가 살고
이래도 이 섬에 내가 산다.

따뜻한 이 세상

그대 마음에 길 하나 내면
모두가 등불 밝히듯
삶의 소통이 되고
힘을 마구 솟게 해
따뜻한 이 세상이 되리.

그대 마음에 길 하나 내면
모두가 꽃을 피우듯
삶의 표상이 되고
가슴 마구 뛰게 해
따뜻한 이 세상이 되리.

사람들 가는 길

사람들 가는 길이
내 길과 다르다고
개입하지 말자.
다만 포용하자.
사람은 저마다의 길을
바르게 가면 된다.

사람들 가는 길이
내 길과 다르다고
개입하지 말자.
다만 인정하자.
사람은 저마다의 길을
올곧게 가면 된다.

사람들 가는 길에
사람 도리면 충분하다.
서로 간
존중은 기본이다.
서로 간
사랑은 으뜸이다.

후회

바닷가 야트막한 언덕길 걸으며
옆으로 가는 게 한 마리 움켜쥐었다가
다리 한 개를 떨어지게 한 일이 있다.

내 마음은 아파 떨고 있었다.
내가 무심코 한 일이지만
게는 큰 다리 한 개를 영영 잃어버렸다.

아직도 그 바닷가에 가면
그 게 생각이 문득 날 때가 있다.
'도마뱀 꼬리 잘리면
다시 재생 한다.'는 것을
엉뚱하게 소집해
말도 안 되게 나를 위로하고 있다.

우리는 누구에게 상처를 줄 수 있다.
그건 유무형의 가격加擊으로
사람들에게 큰 상처를 주는 일이 있다.

주술처럼 외우며

바른말이 고운 말이라는 것을
내가 주술처럼 외우며 살아왔다.

가끔은 떠도는 말들이
주객이 전도되듯
혼돈을 겪을 때가 있다.

언어가
꼬리에 꼬리를 물어도
바른말이 고운 말은 참 중요하다.

바른말이 고운 말이라는 것을
내가 주술처럼 외우며 살아야겠다.

겨울 농장에서

1. 감자

쭈그렁 감자 종자 한숨만 쉬고 있고
바깥은 영하날씨 아직도 유효하다.
귀엽다
쏙 쏙쏙 솟는
여린 새순 보아라.

2. 고구마

얼세라 삭을세라 겨울에 보살피니
봄날에 살갗 터져 덩이로 순을 낸다.
정성에
곁눈 나 자랄
그 모습을 꿈꾼다.

3. 옥수수

거꾸로 매어 달린 박쥐의 천형이다.
씨앗용 점지할 때 속살을 드러냈다.
역류로
이빨 드러내
물구나무 꿈꾼다.

4. 토란

겨우내 따뜻하게 눈 뜨고 불침번의
그 의지 참 대단한 침묵의 고전이다.
화창한
봄 햇살 아래
눈을 뜨고 나온다.

5. 마늘

늦은 봄 수확한 후 가을에 심은 후로
새싹 나 겨울 이긴 그 위풍 위대하다.
그렇지
이 겨울센터
고행하는 순례자.

6. 양파

겨우내 삼한사온 번갈아 얼다 녹는
양파밭 두둑에서 생사를 가름한다.
동상에
서릿발 서도
성장통을 이긴다.

봄을 기다리며

34

1. 고요한 어둠

고요에 갇힌 채로 제 속살 드러내고
절망 속 희미하게 백야로 밝아온다.
두렵다
걱정을 마라
등불 같은 그대여.

2. 달 모양

지구의 단 하나인 위성의 인연 행성
다정히 지내다가 인력을 보는 날에
고맙다
가까워 좋은
그대 모습 미덥다.

3. 고드름

벌어진 동굴 입구 고드름 주렁주렁
공룡이 큰 입 벌린 그 형상 닮아있다.
한겨울
차가운 바람
불 수밖에 없겠다.

4. 겨울 강

목소리 낮추라고 바람이 길을 열고
사랑이 슬픔 안고 밑으로 흘러간다.
그대여
강이 얼어도
하신 말씀 따뜻해.

5. 겨울 사랑

바람이 울자마자 나무는 흐느낀다.
그대가 떠나간 뒤 내 마음 둘 곳 없다.
이 한때
겨울 사랑아
그리움은 어쩔래.

6. 바보 들꽃

들풀이 울고 울어 스러져 흐느낀다.
멀쩡한 하늘 아래 먹구름 몰려온다.
언제나
들꽃 피는 줄
그대만이 모른다.

7. 풀꽃 근원

흐렸다 맑아지고 맑았다 흐려지는
날씨도 모르면서 풀꽃 씨 잠을 잔다.
그대여

호적 그 원적
그 근원을 아는가.

8. 씨앗이 눈뜰 때

침묵이 무서운 줄 씨앗은 알 수 있나.
씨앗이 드러난 줄 바람은 영 모른다.
머잖아
향기 날릴 때
그대 정말 오시리.

9. 씨앗의 꿈

들꽃이 잔뜩 피어 꿀벌을 유인할 때
둔치에 강바람은 앉아서 일렁이리.
팽팽한
긴장의 시간
예사롭지 않으리.

10. 강물 소리

알아도 입 다물며 맑은 날 생각하라.
숨겨온 사랑 하나 눈물로 닦아낸다.
멈추기
이미 늦은 일
온몸으로 느낀다.

11. 마당귀

저곳의 가장자리 그리움 없었겠나.
뿌리를 호적처럼 내리고 살아왔다.
돌담에
드나든 바람
눈치채며 다 봤다.

12. 돌탑 앞에서

야속한 두근거림 울뚝한 마음이다.
수없이 쌓인 인연 바람에 펄럭인다.
신생한
저 눈앞 무공無호
연꽃 송이 피우리.

13. 들판에서

풀꽃이 춤을 추면 눈앞이 풀꽃 물결
풀 향기 그윽하면 마음이 황홀하리.
바람은
벌 나비 따라
들개무리 쫓는다.

14. 호출

아직은 때 일러도 매화를 호출해도
불현듯 다그치고 응답을 기다린다.

서설瑞雪에
신기루 같은
그대 마음 그립다.

15. 네비게이션

길 위에 길에서는 지도가 상실했다.
길 위에 길 내는 일 일상이 되어왔다.
길 떠난
내비게이션
거침없이 입 연다.

16. 불붙는 봄 산

산 꽃이 피고 지는 봄 산은 요란하리.
하얀 꽃 항복이고 붉은 꽃 항전 선포
봄 산은
치열한 전쟁 중
폴폴 나는 봄 꿈들.

17. 소중한 사람들

만나서 마주하면 모두가 존귀하고
만나서 동행하면 모두가 소중하다.
환하게
웃는 사람들
이 땅 위의 우주다.

18. 새싹

지난해 만났다가 헤어진 그 얼굴들
이 봄에 다시 나와 반갑기 그지없다.
인연은
다시 솟아 날
새싹들의 꿈이다.

119 평행선

위급한 상황에 놓인 사람들은
기다림의 시간이 조급하고
긴급 구조구급 출동하는 사람들은
현장 도착 시간이 긴급한데
늘 이 두 시간은 평행이 되고 있다.
이를 때는
시간이 모두에게
안타까움만 주고 있을 뿐이다.

위급한 상황에 놓인 사람들은
기다림의 시간이 조급하고
신속 화재진화 출동하는 사람들은
현장 도착 시간이 긴급한데
늘 이 두 시간은 늘 평행이 되고 있다.
이를 때는
시간이 모두에게
안타까움만 주고 있을 뿐이다.

위급한 상황에 놓인 조급한 사람들은
초기 구조구급 출동하는 사람들에게
위급한 상황에 놓인 긴급한 사람들은

초기 화재진화 출동하는 사람들에게
이런 일들이 쳇바퀴처럼 돌고 있는 것은
기다리는 조급한 사람들과
출동하는 긴급한 사람들의
저마다 다른 시간이
늘 평행선으로 달리고 있기 때문이다.

산골 서정시抒情詩

1

낙엽이 삭은 자리 드러난 나목 뿌리
산골의 하루해가 참 짧아 손 바쁘다.
무시로 불어온 바람 옆구리가 시리다.

뒤뜰에 푸른 댓잎 바람에 놀랐다가
선잠에 막 깨어나 이야기 도란도란
돌담에 푸른 이끼가 세월 무게 매단다.

창 열면 풍경화가 들어와 일렁이다
갑자기 정물화로 산천에 떨어진다.
눈앞에 소멸한 언어 그 소리가 멈췄다.

주위를 둘러보면 산바람 부는 곳에
산들은 여위어서 할 말을 잃었는지
산허리 휘감은 구름 미련 없이 떠났다.

산그늘 내려오는 마을의 모든 사람
저마다 약속한 듯 아궁이 불 지피면
일제히 내뿜는 연기 그 전경이 정답다.

도랑물 철철 흘러 힘 솟는 소용돌이
계곡물 뜀박질로 아래로 달려간다.
한나절 몰입한 시간 해와 달은 공존해.

2

일찍 온 서릿바람 온몸에 스며들고
귓속말 후벼파는 익숙한 물소리다.
한동안 여울 소리는 여백으로 남는다.

인연은 필연으로 담담해 적막해도
바람은 사계 동안 유유히 불고 있다.
사는 일 별것도 아닌 익숙함을 익힌다.

별들은 하늘에서 살면서 반짝이다
때로는 순식간에 지상에 내려와서
우리의 가슴에 왈칵 울다 지쳐 잠든다.

별빛이 쏟아져서 쌓인 채 잠이 들고
아픔만 숨기려고 설움을 삼켜왔다.
두 눈을 깜박거리며 애잔함을 알겠다.

사랑의 절반쯤은 절망이 채워져서
아픔의 옹이처럼 슬픔은 남아 있다.
가슴에 눈물 글썽한 서러움을 느낀다.

이 생애 인연 하나 생명 끈 움켜쥐고
길 위의 길을 걷다 귀갓길 닿을 무렵
유난히 소곤거리며 반짝이는 작은 별.

3
허공虛空의 창천蒼天으로 흰 구름 흘러가면
가벼운 새 한 마리 세차게 날아올라
견디기 힘든 허공에 포물선을 그렸다.

투명한 햇살 결에 드러난 나목의 살
다 알아 가쁜 숨결 몰아 온 바람 소리
이맘때 뿌리를 내린 냉이 향기 맡는다.

카랑한 산울림에 날리는 눈 발아래
파르르 떨고 있는 낙엽들 저항 소리
머잖아 반항의 창검 초록으로 나온다.

태풍의 질풍노도 매서운 눈보라를
막아준 이산 저산 골골이 허허롭다.
온기는 햇살 한 줌에 마중 불로 반긴다.

입춘이 지났는데 서설瑞雪이 휘날렸고
나목의 허전함에 찬 바람 스쳐 간다.
가슴이 화들짝 놀라 미어터져 서럽다.

찬 기운 진陣을 치는 핼쑥한 나루터에
아직도 두 발 동동 묶여서 못 간다네.
친구야 한번 만나자. 따뜻한 날 그때쯤.

물과 불

이왕 물이 되려면
마중물로
생명수가 되고
이성의 물이 되어라.
물은
부글부글 끓어도
다 참아낸다.
물은
세차게 치솟아도
아래로 흐르는 겸손한
순리의 법을 안다.
결국,
물을 다스리는 불이다.

이왕 불이 되려면
마중 불로
횃불이 되고
감성의 불이 되어라.
불은
화르르 타면서도
다 정화한다.
불은

세차게 타올라도
결국 융합해 소멸하는
순리의 제도를 안다.
결국,
불을 다스리는 물이다.

봄날이 다가오면

봄날이 다가오면 가슴이 떨려 온다.

언 땅이 생기 찾는 봄날이 다가오면
눈뜨는 초목 앞에 내 가슴도 들떠있다.
봄 향기
그윽할 무렵
네 모습을 그린다.

훈훈한 바람 부는 봄날이 다가오면
미뤄온 농사일에 손길이 분주하다.
흙 향기
퍼지는 날은
내 가슴을 확 편다.

봄날이 다가오면 흙 향기에 취한다.

봄꽃

봄 햇살 머무는 빈터에
노랑 수선화
노랑 민들레
노랑 매화꽃
그대들 이름 다 달라도
모두 봄꽃이라 불러도 하자가 없다.

애초에 향기가 다 달라도
봄에 피는 꽃이라
봄꽃이라 이름 부른다.

오늘은
봄꽃에 의미를 주고 싶다.
겨우내 다문 입꼬리를
양쪽 귀에 걸어주고도 남는
봄꽃에 이야기를 걸고 싶다.

기쁨을 노래하고
희망을 던져주는
봄꽃은
살아서 참 외롭지도 않겠다.

봄이 왔다

성질 난 아이 같은
성깔 난 어른 같은
지난겨울은 갔다.

직장에 손 떼고
첫 번째 보낸 겨울은
혹독하게 잔혹했고
지루하게 지나갔다.

봄이 왔다.
쌔근거리며 잠자는 아이 숨소리처럼
성급히 나들이하는 어른 걸음걸이처럼
그렇게 봄이 왔다.

봄은 생명의 계절
삼동三冬을 이겨 낸
모든 생명체가
저마다 개성대로 솟아난다.

푸르른 하늘
보드라운 바람
모두 위대한 하느님이다.

햇살 한 가닥이 나와
호수 위에 윤슬을 빗고 있다.
낮에는 햇빛에
밤에는 달빛에
무수히 요동치고 있다.

완연한 봄이 왔다.

봄처럼

꽃바람 나 집 나가 버린
민들레 씨앗들이 안 보일 때
쓸쓸한 빈 꽃대는 외롭습니다.
봄봄봄이 가벼워졌습니다.
이 봄에는
봄 마중 나와 속살거리는
그대 모습을 볼 수 있을까요.
인내해온 봄처럼.

사랑해서 떠나간다는 그 말
찾아온 봄 입김이 속삭이는데
갑자기 외로움이 더 무섭습니다.
황홀한 봄이 눈부십니다.
이 봄에는
봄을 위해 왔다는 수줍은 말
그대 정말 믿어 봐도 될까요.
절로 녹은 봄처럼.

봄 인사

봄기운을 느끼니
그동안 미루어 온 얼굴들이
더욱 생각이 많이 납니다.

일생을 침엽수처럼
한 결로 살아온 얼굴입니다.
일생을 활엽수처럼
한 결로 살아온 얼굴입니다.

봄기운 완연한 한나절 동안
내 어리숙한 모습으로
그동안 미루어 온 얼굴들을
만나 볼 요량입니다.

"그리웠습니다.
잘 지내셨어요.
그동안 별고 없었지요."

인사가 모두 다입니다.

봄날에는

봄날에는
퍼지는 시를 쓰고 싶다.
농부가 여러 종의 씨앗을
골고루 파종하듯이
더 멀리 퍼지는 시를 쓰고 싶다.

봄날에는
정비된 시를 쓰고 싶다.
농부가 여러 종의 농기계로
이런저런 농사짓듯이
더 고쳐 정비된 시를 쓰고 싶다.

봄날에는
바쁜 시를 쓰고 싶다.
농부가 혼자서 여러 일을 하면서
힘들게 잘살아가듯이
더더욱 바쁜 시를 쓰고 싶다.

봄날에는
고운 시를 쓰고 싶다.
농부가 유실수 가지치기하면서

눈들을 살펴보듯이
더 이쁜 고운 시를 쓰고 싶다.

봄날의 사랑

백목련꽃 후다닥 진 뜰 안에서
눈물 뚝뚝 흘리는 것을 보았는가.

자목련꽃 후다닥 진 농장에서
핏물 뚝뚝 떨어지는 것을 보았는가.

그래도
모두가 한때는 열정으로
봄날을 사랑한 일들이 아니신가.

보시라
눈곱처럼 피딱지처럼 말라버린 것이
백목련꽃 자목련꽃 진 자리에
얼마나 큰 위대한 증표가 아니신가.

봄날의 목련꽃들은 확 져버렸어도
봄날의 사랑 하나만큼은 그대로 남아
희망으로 무수히 일어서고 있다.

봄이 온 후에

추워서 나만 생각하고 살아 온 겨울이었다.
봉긋하게 망울지는 꽃봉오리 보고도 나만 생각했다.
따뜻한 울림에 반향 된 간절한 사랑은 온통 신열 했다.

겨울에 잊어버린 사랑을 이제는 정말 되찾아 볼까.
촉촉해진 저 강물을 모두 끌어와 빨랫줄에 늘어 볼까.
늘 흩어져 살아도 마음에 남는 너의 얼굴을 다시 볼까.

저쪽 음지에는 아직도 잔설이 조금씩 남아 있다.
봄바람이 불어와 멈춰선 물레방아는 돌아가고 있다.
고향을 등진 노년의 눈目들이 마구 구르고 있다.

그렇지. 봄이 왔지.
새싹 돋아나서 연한 연둣빛이 연하게 펼쳐지고 있다.
새 꽃들이 몽글몽글 피어나 화려하게 단장하고 있다.
산새가 재잘거리며 포롱 포롱 날아 언덕을 넘어갔다.
산짐승은 배고파 밤낮 구분 없이 울어대고 있다.
그렇지. 이미 봄이 왔단 말이지.

이른 봄 절집寺刹 풍경

긴긴 겨울을 인내로 보냈지요.
으뜸의 봄 그대가 주인공입니다.
봄날의 아름다움에 아주 행복합니다.

호강이 넘쳐 겹겹이 쌓인 감동입니다.
사지가 늘어져서 가슴이 터지려고 합니다.
호강하는 일은 그저 얻어진 공짜가 아닙니다.
진심으로 통하는 체험이 감동하는 일입니다.

봄에도 영원한 사랑이 없다는 것을 잘 압니다.
봄날에 떠나기 싫어하는 서러운 모습을 봅니다.
봄바람의 의지로 초목을 키워내는 그런 힘을 그립니다.

고즈넉한 절간 대문으로 사분사분 들어서니
눈알 부라린 사천왕상에 가슴이 마구 두근거려
반쯤 절룩이는 내 발길을 마당으로 급히 옮겨 봅니다.

마당 가장자리에 홍매화 청매화 꽃망울에 꽂혀
수천수만 개의 홍등 청등을 켜고 탑돌이를 합니다.

오늘은 주지 스님 먼 길을 출타 중이고
고양이가 섬돌 옆에서 제 수염을 다듬고 있습니다.
고양이는 동물 중 엘리트 그룹에 있어서
절간을 지키고 있다고 착각하고 있나 봅니다.

봄이 오면

봄이 오면 몹쓸 역병이 도지듯이
작품을 쓰다 지우는 일이 많아지는 것은
참 고뇌 찬 일입니다.
농사일하다 농기구로 다치는 사례가 잦아지는 것은
참 안타까운 일입니다.
여행으로 안전사고가 발생 횟수가 빈번해지는 것은
참 가슴 아픈 일입니다.

봄이 오면 저절로 신명 나듯이
번지는 연둣빛을 바꾸는 정령精靈이 있다는 것은
참 믿을만한 일입니다.
보드라운 강물이 유유히 흘러가고 있다는 것은
참 즐거운 일입니다.
지나간 일들이 그리움으로 떠오르고 있다는 것은
참 행복한 일입니다.

봄이 오면 간절한 기도에 몰입하듯이
쌓아온 기다림의 소식들이 반짝거리고 있다는 것은
참 기대 찬 일입니다.
언제나 나누고 베푸는 향기로운 일손이 있다는 것은
참 복된 일입니다.

닫아 온 내 마음을 누군가에게 전할 수 있다는 것은
참 자유로운 일입니다.

봄에는

봄은 땅속에서 올라오는
민주주의 분수다.
솟아오르는 꿈은 희망이다.

어느새 찾아온 봄에
우리는 무장해제를 한다.
서로 믿음으로 사랑을 노래한다.

봄에는
바람도 보드랍고
햇살도 상냥하다.
반가운 소식들도
꽃처럼 활짝 핀다.

봄에는
행복을 꿈꾸며
희망의 씨를 심어
사랑으로 가꾸자.

얼룩진 인연因緣

봄이 오면 곧바로 훈풍이 불어올 줄 알았어요.
정말 몹시 추운 겨울을 보낸 내 생각이었어요.

봄이 오면 그저 따뜻한 날씨가 올 줄 알았어요.
정말 산중에서 오들오들 떨고 지낸 생활이었어요.

산중의 겨울은 차가운 바람이 혹독하게 불어왔어요.
차가운 산천초목은 달랑 심장 한 개만 안고 살아왔어요.

산중의 겨울에는 산새 소리도 찬바람에 제압되었어요.
산중의 겨울에는 짐승 소리도 찬바람에 숨만 죽였어요.

찬바람이 매섭게 마구 질주해온 산중의 흔적이 있습니다.
이제는 잊어도 될만한 얼룩진 인연因緣이 되었습니다.

눈앞에

뻐꾸기 울어대는
내 고향 당산에
보리가 알을 배는
푸르른 오월 무렵
찔레순 꺾어 먹고
소牛 꼴을 한참 베다가
감나무 굴에
한나절 졸고 있는 부엉이
그 모습 아직도
눈앞에 어룽댄다.

뻐꾸기 울어대는
내 고향 뒷산에
철쭉꽃 피고 지는
푸르른 오월 무렵
잔대 순 찾아 캐고
소牛 꼴을 한참 베다가
오동나무 딱딱 쪼아
집 만드는 딱따구리
그 모습 아직도
눈앞에 어룽댄다.

사람

겨울에도 가끔은 봄 길이 크게 보인다.
지난가을에 낙엽이 길을 덮어 버렸다고
길이 영영 없어진 것이 아니다.
길 위에 길을 내는 사람이 있다.

겨울에도 가끔은 물소리 크게 들린다.
지난겨울에 얼음이 강물을 덮어 버렸다고
물소리가 소멸한 것이 아니다.
얼음 아래 목소리 낮추는 사람이 있다.

삶이 주저하고 있을 때

1. 융점

울림이 융해하여 그리움이 우러났다.

정갈한 말씨 골라 결결이 데운 맘에
자리한 무지갯빛 한 줄로 선 그었다.
눈 뜨면
겨자씨 같은
코발트 빛 보인다.

울림이 응고하여 그리움도 사라졌다.

2. 용기

꽃잎이 활짝 펴서 생 이파리 잡았다.

위급한 상황 앞에 마음을 밀어내면
천둥을 동반하고 번개가 타이른다.
침묵은
양들의 허들
용기만이 넘는다.

꽃잎이 확 져버려 생 이파리 놓았다.

3. 변화

생각 옷 기워 입고 행동을 고쳐 본다.

두 귀가 기울어진 기도문 외우다가
세습에 젖어버린 요구만 바라왔다.
여태껏
쌓아 온 욕심
무리수로 내린다.

생각 옷 훌훌 벗고 행동을 돌아본다.

4. 중용

뜨거운 불의 감성 차가운 물의 이성

어느 날 내 두 눈이 혼미해 심란할 때
내 마음 증명하는 선명한 증거 댄다.
중용의
신성한 지혜
새롭게 돋보인다.

불같은 뜨거운 감성 물같이 차가운 이성

5. 격려

기대는 의지를 주고 희망은 용기를 준다.

빈말은 어찌해도 사랑을 할 수 없지.
애초에 기대처럼 의지는 곧은 심지
나약에
북돋우는 힘
희망 용기 솟구쳐.

의지는 기대를 주고 용기에 희망이 있다.

6. 행복

포근한 마음은 그대 믿음이다.

올렛길 어울림 길 우리가 걷다 보면
길 위의 다진 길에 행복이 포개진다.
서로가
사랑하는 길
엄청나게 멋지다.

따뜻한 마음은 그대 사랑이다.

7. 옛 생각

눈앞에 멀어지면 모든 게 없어질까.

지난 일 없었든 일 안 보면 그만인 일
누군가 노랫말로 한동안 불러온 일
말 마라

사라진 것들
꿈틀대고 나올라.

눈앞에 다가오면 모든 게 떠오를까.

8. 약속

종이 위 글씨 마르면 모든 게 머물러 있나.

세월이 흘러가면 얼굴이 변해가듯
마음도 시시각각 무수히 변해간다.
그래도
믿음만큼은
말 못 하게 남으리.

종이 위 글씨 지우면 남은 것 사라지나.

9. 헌혈

심장 데운 피가 영혼을 적시고 있다.

호롱불 같은 삶이 시련에 흔들릴 때
한 생애 간구하며 헌혈로 버텨왔다.
해냈다
다시 살림한
미세혈관 잡았다.

심장 돌은 피가 심신 또다시 살렸다.

10. 버릇

고장 난 시계는 한 번도 맞은 일 없다.

묶여온 헛소리가 발 없이 돌아갔다.
갑자기 얼굴 바꾼 못 믿을 민낯이다.
살다가
괴로운 사람
잠 못 드는 외로움.

고장 난 시계는 한 번도 멈춘 일 없다.

11. 윤슬

아침에 안부를 묻고 저녁에 소식을 여쭌다.

그대 눈 바라보다 호수에 반짝이는
그리움 퍼 담다가 괜스레 눈물 난다.
아직도
해와 달 별은
장난 거리 해댄다.

아침에 안부를 캐고 저녁에 소식 담는다.

12. 판단

어제의 진리가 오늘은 유효한가.

편해서 쏟아버린 불편한 흔적 앞에
사는 일 까탈 해도 명확히 구분할 일.
사는 일
끝판왕 제일
삶의 끝이 보인다.

어제의 진리는 오늘도 유효하다.

13. 규범

예 갖추고 덕을 쌓을 일이다.

산 골골 물이 철철 내 고향 마을에는
충효의 예법처럼 덕목의 규범 있다.
보아라
오랜 비석에
푸른 이끼 피었다.

예 갖추고 행실을 잘할 일이다.

메멘토 모리(Memento mori)

침묵은 드러누워 크렉(crack)을 방조한다.

한때는 영광으로 명성이 자자했다.
그토록 애를 써온 그대 삶 인정한다.
영광에
도치된 마음
겸손하라. 한 결로

고귀한 그대 영혼 마무리 바로 하라.
애타게 지킨 자존 그대 맘 알고 있다.
축복에
숫구친 심신
낮아져라. 언제나

행동은 일어서서 크렉(crack)을 예방한다.

* 메멘토 모리(Memento mori) : 죽음을 기억하라. 죽음을 잊지 마라. 등으로 번역
  되는 라틴어 문구이다.

카르페 디엠(Carpe diem)

멈출 수 없는 세월이다. 오늘을 소중히 살자.

인생은 유한한 삶 불확실 연속이고
위기는 쉬지 않고 연거푸 다가온다.
이상에
빠지지 말고
그 현상을 따르라.

세상은 넓은 광장 오늘이 출발이다.
기회의 감사함을 소중히 인식하자.
현실에
부딪히는 일
그 경험을 살려라.

멈출 수 없는 세월이다. 오늘을 귀하게 즐기자.

* 카르페 디엠(Carpe diem) : 로마 시대부터 내려오는 말로 오늘을 잡아라. 또는
  오늘을 즐겨라. 뜻이 있다.

아모르파티(Amor fati)

일은 저절로 운명처럼 만들어 엮어진다.

의지는 끊임없이 욕망에 불타올라
목표를 앞세우고 무작정 질주한다.
의지는
마음을 따라
운명처럼 그렇게.

진정한 자기애는 곧바로 내가 주인
주어진 과제 앞에 으뜸이 초월한다.
용기는
행동을 거쳐
숙명처럼 그렇게.

일은 갑자기 숙명처럼 받들어 수용한다.

* 아모르파티(Amor fati) : 라틴어로 운명을 사랑한다. 는 뜻이다. 자신이 경험하
 는 모든 일을 있는 그대로 받아들이고 사랑하자는 의미를 담고 있다.

블랙 아이스(Black ice)

대책은 대비에 있다. 평소에 예방이 제일이다.

살다가 갑작스레 변화에 부딪히면
다급한 쓰나미는 위기로 속수무책
평소에
완벽한 대비
안전장치 중요해.

손쉬운 설마 설마 손쉽게 잊었다가
눈앞에 상황 발생 손 못써 후회막급
수시로
철저한 점검
안전 준수 철저히.

안전은 대비에 있다. 수시로 해야 할 안전 점검이다.

* 블랙 아이스(Black ice) : 겨울철 도로 표면에 형성된 얇은 얼음 막을 가리키는
  것으로, 얼음이 얇고 투명해서 아스팔트의 검은 색이 그대로 비쳐 보이기 때문
  에 검은 얼음이라는 의미의 블랙 아이스라고 부른다.

스마트 메일(Smart mail)

대정보 시스템이 토라져 삶을 외면하고 있다.

무수한 정보 물결 홍수의 일보 직전
사용에 편리해도 인간미 순차 퇴보
인간애人間愛
그래서인지
서먹해져 더 소외.

시공을 초월해서 정보가 오고 가는
그 속도 참 빨라서 정말로 놀래진다.
무심코
지나쳐버린
사람 냄새 그립다.

대정보는 쌓여도 단말기에 말 없음은 오고 간다.

* 스마트(Smart) : 정보의 축적과 검색이 자연 언어로 이루어지면, 컴퓨터가 그
  정보를 읽고 처리하여 상관도 높은 것부터 순차적으로 검색 결과를 출력하는
  대형정보시스템.

* 메일(Mail) : 컴퓨터의 단말기 이용자끼리 통신 회선을 이용하여 주고받는 글.

바람 소리

바람 소리 정겨운 줄 이제 알았다.

창천에 부는 바람 귀 대어 들어 본다.
무심코 듣는 습성 속마음 전율한다.
퍼진다.
대자연 음향
쉼도 없이 퍼진다.

괜스레 가슴속이 찡하게 울리는 날
이보다 더욱 좋은 감성이 또 있는가.
들린다.
오케스트라
뮤직 박스 울린다.

바람 소리 심오한 줄 이제 알았다.

물소리

물소리 들으면 눈 감아도 편안하다.

골짜기 아래로만 유유히 흘러갈 때
도랑물 시냇물은 강물로 변해간다.
부딪혀
합친 물길이
경이롭게 이어져

겸손한 순리 앞에 표징을 나타낼 때
이보다 더욱 좋은 참교육 어디 있나.
물처럼
살아가라고
지형地形 따라 소리 내

물소리 나는 곳에 정직함이 돋보인다.

고목古木

고목은 아픔을 화음으로 조율하고 있다.

나이 든 고목 나무 텅텅 빈 늑골 안에
울리는 아픔들이 화음을 조율한다.
비바람
휘몰아칠 때
뼈마디가 저렸다.

세월은 고목 나무 가슴속 텅 빈 곳에
서러운 아픔들이 화음을 조율한다.
눈보라
휘몰아칠 때
뼈마디가 시렸다.

고목은 슬픔을 화음으로 공명하고 있다.

돌멩이

구르는 돌멩이는 늘 인내를 한다.

온종일 반말 섞는 비바람 바라보다.
온종일 반말 섞는 눈보라 생각한다.
손톱이
닳아 갈라진
아픈 고통 참 섧다.

살다가 비바람이 차지기 부딪히고
살다가 눈보라가 모질게 몰아치면
발톱이
터져 갈라진
아픈 상처 참 섧다.

잠자는 돌멩이는 늘 꿈을 꾼다.

까치는

까치는 선명하게 흑백 노래를 한다.

건반 위 바쁜 손이 톡톡톡 건드리듯
선명한 흑백무늬 까치가 걷고 있다.
오 엑스
선별쯤이야
눈감고도 훤하다.

추위가 굴러와서 타협한 삼한 사온
선명한 흑백무늬 까치가 짖고 있다.
오 엑스
동전 앞뒷면
팔짱 껴도 다 안다.

까치는 까칠하게 흑백 노래를 한다.

산행山行

1
산을 오를 때와
산을 내려 올 때를 생각하라.

산을 오르기 전
심신을 풀어 주고
복장은
빨강 노랑 갖추어 입산하라.

겸손한 명령이다.
진실로 겸허해야 한다.

2
산행은 예사롭지 않다.
올라갈 때 늘 여유만만해도
내려올 때 언제나 흔들린다.

허리를 낮춰 가야만 한다.
나뭇가지에 이마에 부딪히고
바람이 항상 얼굴을 스칠 때면
고개를 숙여
앞을 보고 큰절해야 한다.

나뭇가지에 부딪히고
늘 바람맞이 하는
산행은
그리 만만하지 않다.

3
산행은 혼자가 아니다.
고부랑 굽은 산길은
따따부따 저마다 길이 있다.
산행은 혼자가 아닌 길이다.

오르고 오르다 쉼터에 닿았을 때
눈 들고 바라보면
산천초목들은
모두 인연으로 엮어져 있다.

산행은 모두
상생의 뿌리를 깊이 내려고 있다.

4
실패를 경험하지 아니한 사람들은
산행에 진실로 도약이 낯설리라.

정말로 견디기 힘든 고뇌 또한 알리라.

낯선 길 두려운 길 그 위에서
바라보면
절언의 산봉우리 말 없는 가부좌다.
온몸이 부수어지게 침묵 깨고 있다.

산행을 한다는 것은 위대한 것이다.
산행 정상에서
산이 보이지 않아야
비로소 산행을 마치는 일이다.

모두가

최소한의 소유로 만족하면 될 일이다.

딱딱딱 딱따구리 부리로 나무 쪼고
툭툭툭 소농 농부 괭이로 흙 일군다.
모두가
아주 간단히
만족하며 일한다.

바람이 지나가고 햇살이 머무는 곳
산행의 길손들은 자연을 보호한다.
모두가
아주 정결히
보존하며 잘산다.

최소한의 질서로 만족하면 될 일이다.

부엉이 울음소리

매서운 찬 바람 불어
마음이 무척 심란한
긴긴 이 겨울 깊은 밤.

부엉 부엉 부엉
봉창을 두드리며 들려 오던
그 부엉이 울음소리.

아주 오래전
어머니 들려주신
부엉이 이야기가
아직도 생생하게
내 두 귀에 들려 온다.

그때가 그리워지는
부엉 부엉 부엉
부엉이 울음소리.

아직도
그때가 그립다.
그때가 무척 그립다.

안면도 자연휴양림

안면도 자연휴양림에
몸 들여놓으면
고요한 정적에 깜짝 놀란다.

노송의 솔 향기에 이끌린 발등 위로
바람에 휘날려서 흔들린 솔잎 향기
놀라운
안면 소나무
철갑 둘러 돋보여.

조성된 숲길 따라 발걸음 옮겨가면
초연한 초목들이 저마다 꿈을 실현
여백에
숫구쳐 펼친
꽃바람이 넘실대.

안면도 자연휴양림에
마음 맡겨놓으면
활기찬 기적에 깜짝 놀란다.

* 안면도 자연휴양림·수목원 지구 : 충청남도 태안군 안면읍 안면대로 3195-6 소
  재. 자연휴양림과 수목원 지구로 나눠 있는데, 수목원은 산책로 및 스카이워크
  로 구분되어 있고, 수목원은 주제별로 조성되어있어 힐링 명소다.

살다가 가끔은

살다가 가끔은
벽을 치고 싶을 때가 있다.
벽과 벽 사이가 두꺼워서가 아니라
벽과 벽 사이가 너무 얇아서
가끔은 벽을 치고 싶을 때가 있다.

살다가 가끔은
벽을 허물고 싶을 때가 있다.
벽과 벽 사이가 멀어서가 아니라
벽과 벽 사이가 너무 가까워
가끔은 벽을 허물고 싶을 때가 있다.

살다가 가끔은
벽하고 대화하고 싶을 때가 있다.
벽이 말수가 영영 없어서가 아니라
벽에 달라붙은 말들이 너무 많아
가끔은 벽하고 대화하고 싶을 때가 있다.

살다가 가끔은
벽에 도배하고 싶을 때가 있다.
벽의 그림이 마음 들지 않아서가 아니라

벽에 구멍이 난 자국이 너무 많아
가끔은 벽에 도배하고 싶을 때가 있다.

탐라도

내 가슴에 품은 섬 한 개
탐라도, 아 그 섬.

온통 절반쯤 빈 채로 남은
내 가슴 같은 담벼락 돌이다.
당신은 바람처럼 울다 웃고 있다.
나는 늘 비상구처럼 그대를 본다.
아침노을에 쓴 정성 된 손편지가
저녁노을에 흥건히 젖어 있다.

육지에서 참혹한 역사 물결 결결이
한곳에 머물지 못하고 그 섬에 전해져
빈 게 구멍에 얼굴 숨기고 나면
해녀들의 숨찬 소리가 청진기처럼 들린다.

오름에 오르내리다 보면 침묵의 고요에
탐라도 고유민속이 훤히 다 내려다보인다.
영원한 섬의 삶을 몽글몽글 굴리고 있다.

내 가슴에 품은 섬 한 개
탐라도, 아 그 섬.

그 이어도를 아시나요

제주 구비문학에 나오고
제주 설화에도 등장하는
그 이어도를 아시나요.

생활에 매달려있다가
힘겨울 때 늘 떠올리고
뒤돌아 생각해낸 전설의 섬.
그 이어도를 아시나요.

맷돌 어처구니 잡고
연자방아 말고삐 들어
노래로 읊어 댄 전설의 섬.
그 이어도를 아시나요.

해녀가 불 턱에 앉아
고단한 삶을 노래하다
간간이 읊어 온 전설의 섬.
그 이어도를 아시나요.

산촌에 살다

1
나는 내가 태어난 산촌을 너무 그리워했다.
봄이면 봄꽃이 여기저기 웃고 웃어 참 좋았다.
여름이면 짙은 녹음이 그늘이 되어 참 좋았다.
가을이면 결실의 풍요로운 그 삶이 참 좋았다.
겨울이면 하얀 눈에 덮인 산하가 참 좋았다.

나는 계절의 길목을 알고 있다.
봄 여름 가을 겨울로 윤회하는
계절의 길목을 잘 알고 있다.
나는 내 삶의 여정을 생각하고 있다.
태어나 늙고 병들고 죽는 인생의 길
삶의 그 여정을 늘 생각한다.

나는 내가 살아 온 산촌의 삶을 지켜가고 있다.

2
산에 사는 일은 축복 중의 큰 축복이다.
아직 봄은 오지 않았는데 복수초가 피드니
차가운 겨울바람을 배웅하고 봄을 맞이하고 있다.
봄날에 이르면 이미 보드라운 바람결에
셀 수도 없는 수많은 꽃이 피고 질 거다.

새들은 저마다 합창하듯 노래를 부를 거고
겨우내 발 묶여 숨죽인 도랑물이 제 목소리 찾을 거다.
산막에 황소바람 잘 참아낸 씨앗들이 기지개를 켠다.

봄날은 생각만 해도 가슴 벅찬 일 겹겹이 쌓인다.
흙 갈아엎어 이랑 내어 농작물을 제대로 심는 일은
농사의 새로운 출발이며 새로운 마음가짐의 혁명이다.

3
정이 펄펄 넘치는 깊은 골 산촌이다.
어머니 가슴 같은 조상님 산소가 즐비한
아늑한 추억 어린 머나먼 산촌이다.
아버지 근엄한 침묵 같은 바위가 있는
정겨운 두메산골이다.
영원무궁할 나의 신앙 안식처다.
꽃처럼 피고 지듯이
수많은 생명이 태어나고 지는
대자연 속의 산촌이다.
이제는 옛날 그러한 산촌이 아니다.
산업화 발달로 도시로 사람들 떠나가고
이농현상에 고령화로 사람이 없는 산촌은
황량한 폐허가 시작된 지금은 썰렁하다.

봄바람이 불어온다.
산촌의 사계四季에는
정이 펄펄 넘치는 깊은 골 산촌이 아니다.

어머니 가슴 같은 조상님 산소가 즐비한
아늑한 추억 어린 그런 산촌이 아니다.
아버지 근엄한 침묵 같은 바위가 있는
정겨운 두메산골이 아니다.
영원무궁할 나의 신앙 안식처가 아니다.

사람들이 모여 살아야 정겨운 산촌이 된다.

4
내가 사는 깊은 골 첩첩산중의 산촌은
예전에 번질 난 산길은 우거진 잡목수풀에
그 수명을 다하고 눈앞에 사라져 버렸다.
희미하게 가끔 보이는 건 길짐승이 다닌
흔적만이 남은 말 없는 기울어진 언덕이다.

들리는 건 도랑 물소리 예전 그 소리로인데
내 발길을 곧바로 멈춰 서게 한다.
도랑에 손 씻으려 다가서기에 어려운
이 우거진 산속에서는 풀들도 웃자라 있다.

산속에서 앞으로 나아간다는 것은
수많은 장애물을 걷으며 나가는 난관이다.
구름과 산새는 아무런 장애물이 없지만
바람도 더디게 나가는 숲 우거진 산촌이다.

산은 말없이 지내고 있어도 바람은 웅성거리고

먹구름 몰려와 부딪히는 천둥소리에 놀라고
길짐승 우는 소리 산새 우짖는 소리만 남아있다.

5
산촌에서는 씨앗 까먹는 것을 도리가 아니다.
농부에게는 귀신 씻나락 까먹는 소리가
말도 안 되는 엉뚱한 흰소리가 결코 아니다.

대지가 겨울을 지나 봄 결에 숨을 쉴 때
농부는 전답을 갈아엎고 흙을 잘게 부순다.
흙 갈 때 향기가 허공에 퍼질 무렵에
이미 텃새는 다 알고 농부 뒤를 따른다.

농장 가장자리에 이미 망望을 보고 있는
바람은 저절로 춤을 추다가 아지랑이가 되고
농부는 농자천하지대본農者天下之大本에
이미 황홀한 근황으로 노동에 취해 버렸다.

풀을 자라게 한 햇빛은 바람을 끌고 와 대기한다.
한평생 살아 온 농부는 죽어서 호미 날 만한
땅이라도 기억하고 차지할지 정말 알 수가 없다.

농부는 매일 기도하고 살면서 산촌 시를 쓰고 있다.

6
농부는 씨앗을 넣어 덮고 모종을 심을 때

가끔은 한 끼 걸러도 배고픈 줄도 모른다.
농부는 소농 대농이든 원시농법 첨단농법이든
그런 비교는 산촌에서 아무런 의미가 없다.

농사일 앞에서는 밥 되는 일 밥 안 되는 일
그 길이가 짧다면 짧고 길다면 긴 차이뿐이다.
농부는 즐거운 이 한때 시간도 더디게 간다.
많은 사연도 소멸이 되는 치유가 되고 있다.

전답田畓에 가꾸는 농부의 투박한 손길은
농사를 자식처럼 보살피는 짠한 마음으로
들뜸으로 굳은살처럼 심장 근육을 단련한다.
일출 일몰 간극間隙은 한 결의 소박한 마음이다.

흙 향기에 취한 농부는 농사를 다스리는 기술자다.
농작물을 보살피는 농부는 마음을 고치는 치유자다.
먹거리를 제공하는 농부는 사람을 살리는 구원자다.
농부가 사는 동안은 농사일을 너무 사랑한 실천가다.

7
시방十方으로 흩어진 씨앗들이 있다.
저마다 가부좌 틀고 시린 바람 막고 있다.
한 번도 스러지지 않은 보리밭이 있다.
초록 물결 이는 보리밭을 지켜가는 일은 행운이다.

누워도 누워도 밟아도 밟아도 꼿꼿이 일어나고 있다.

보리는 희망의 청춘으로 중오의 푸른 물결로 춤을 춘다.
아직은 농사지을만한 여력이 있다는 의미를 새긴다.

농장 가장자리에 구부려 일하는 건 세상 안을 잊는 것이다.
내 가슴에도 억센 잡풀들이 자라고 장대비는 쏟아져 내려
무명빛 백결百結이 어지럽게 지문指紋을 판독하고 있다.

장독대 바라보고 있으면 노랑 수선화가 장독을 닦는다.
수선화 꽃봉오리는 벌들에 답례하듯 고개 숙인 채 서 있다.
봄바람은 불어와 아직 미완의 텃밭에서 서정시를 쓰고 있다.

8
척박한 땅에는 농작물이 웃자랄 수가 없다.
내가 두드리는 자판기 활자들도 하나 같이
시어가 되지 못한 채 줄을 서지 못하고 있다.

날 밝으면 다시 밭고랑에 나가 줄 선 작물들에
귀대고 관조하듯 듣고 유심히 살펴봐야겠다.
내가 글을 쓴다는 것은 산촌에서 농사짓는 일이다.

풀 뽑고 베 삭히고 쌓아 뒤집어 거름을 만들고
바람 햇빛 시간을 배합해 끌어온 물로 정성으로
농작물을 가꾸는 일에 늘 숭고한 감사로 기도한다.

농부는 입 밥 사이가 천 길이라는 걸 안다.
그래서 사람이 살아가는 농자천하지대본의

그 증표의 깃대를 높여 날마다 가슴에 휘날려 본다.

9
지난해 농작물이 태풍 폭우에 흉작이 되었다.
살갑게 가꾸고 지켜온 것들로 가슴이 먹먹하다.

타는 가슴에 손발에 힘까지 다 빠져버렸다.
텁석 주저앉은 허망에 눈물도 이미 말라버렸다.
이럴 때는 힘겹게 버텨온 내성도 풀 죽는다.

산불 예방 차량 방송이 골골이 전해지고 있다.
갑자기 위기가 닥쳐 절망의 늪이 된 공황이다.
시련은 다시 일어서게 하는 힘의 샘물이 된다.
절망을 딛고 나아가는 희망의 등불을 다시 켠다.

사는 일은 늘 기적이다 1

1. 목표와 열정

목표가 있다는 것은 신념의 정확한 메모 감이다.
이 얼마나 화려하게 빛나는 신용장 같은 설렘인가.
변명은 성공의 불편한 족쇄足鎖요 쇠사슬이다.

행동은 목표의 시작으로 더 선명해지는 나침반이다.
나침반은 스스로 방향을 제시하고 부호를 남긴다.
소유가 적다는 것은 마음을 곧바로 얻는 법이다.

지남은 되돌릴 수 없지만 다가올 때를 예측할 수 있다.
정신이 육체를 지배할 때 비로소 제자리를 찾는 법이다.
행동에 앞서 항상 의문 던지는 일에 기본을 지켜가자.

열정의 난이도보다 때늦은 후회를 경계하며 보내자.
열정은 아무 일도 못 할 때 새로운 희망의 설계도다.
행동은 목표를 따라가야 제 역할을 분명하게 한다.

2. 초심으로 일을

지난날에 아주 오래 지난날은 이미 지나갔어도
그대 일한 그리운 것들은 그대로 마음에 남아있다.

일의 초심을 잊지 말고 기억하고 또 기억하리라.
초심이 항심이 되라는 그 말은 일의 어록이다.
일은 삶의 교훈이 각인된 선택의 정령精靈이다.

일하는 자의 행동은 아무리 느릿느릿해도 좋다.
일하는 그 의미는 한세월의 여울목에 돌고 있다.
일의 목적 수단은 선명하게 다 드러나 보인다.

일은 항상 겸손이다. 이 세상에 영원은 없다.
일하려면 먼저 낮아지는 법을 배워야만 한다.

3. 삶의 자세

길들어진 습관은 운명을 바꾸는 천성이 될 수 있다.
날마다 성장하는 일은 노력의 시작이며 끝판왕이다.
몸 마음으로 정성을 다할 때 성장은 멈추지 않는다.

고민에 몽땅 빠지지 말고 외로움에 너무 지치지 말자.
긍정의 에너지로 일어서고 즐거움에 동행하면 대운大運이다.
세상에 고민과 외로움 빼면 늘 유쾌한 삶이 날개 접는다.

늘 친절 하라. 그리고 낮아져라. 삶을 예찬하고 즐겨라.
삶은 언제나 단순하게 일어난다. 지혜롭게 잘 극복해 가자.
친절 겸손 인정은 그 자체가 모두 단순한 삶에서 온다.

잘 길들어진 습관은 유비무환에 대비한 으뜸의 방책이다.
삼라만상參羅萬像을 바라보며 자신의 별을 지키는 일이다.

항상 온건으로 긴장의 고삐로 온유한 행동의 삶을 다스려가자.

4. 행복 찾기

어느 날 저절로 행복이 오는 것이라 믿는 사람은 없다.
지혜가 부족하면 책 속에서 삶에서 지혜를 찾으면 된다.

행복은 높은 곳에 먼 곳에 있는 이상이 절대 아니다.
행복은 낮은 곳에 가까운 곳에 현실에 있는 것이다.
행복은 만들어야 하고 믿어야 하고 늘 동행해야 한다.

행복이 안 보이면 마음의 눈으로 거울을 보면 된다.
행복이 찾아오길 기다리는 것이 아니라 맞이해야 한다.
내 안에 행복이 있다는 것을 만족으로 충만해야 한다.

행복은 신기루가 아니고 스스로 더 큰 창조創造해낼 인내다.
행복이 누구에게나 다 있는데 스스로 찾지 못했을 뿐이다.

5. 스스로에 해답을

길 떠나면 타향이고 길 닿으면 고향이다.
흙밭에서 모래보다 모래밭에서 흙이 더 선명하다.
지나간 일들은 한사코 다시 돌아오지 못한다.

아직도 마음에 담아둔 별 하나 내 첫사랑처럼
성에처럼 내 망막에 수채화로 남아 추락한다.
삭아가는 뒷간에서 난파된 배 한 척 요란하다.

빛바랜 흑백사진이 내 젊음을 불러내고 있다.
아직도 사진을 보면 내 위치는 늘 그곳에 있다.
세월은 흘러 허공에 흩어졌어도 추억은 남아있다.

가르치는 일은 선행학습을 하고 배우는 일이었다.
가르치는 일은 누구에게나 공평한 기회를 주고 나
스스로 답을 찾아가게 하는 일 그 외에는 없다.

6. 야단법석

밥상에 오른 밥반찬들 비싸다 야단법석이다.
신문 방송에도 덩달아 춤추듯이 보도한다.

알고 보면
뼈 빠지게 농사일하는 농부에게 미안하다.
뼈 시리게 바닷일 하는 어부에게 미안하다.

진실로
살아남아서 말하는 사람들의 말끝에서
삶의 부피로 농부는 농장으로 나가기가 무섭다.
삶의 무게로 어부는 바다로 나가기가 두렵다.

어찌하겠는가.
빚의 청구서가 날마다 쌓이고 있는 요즘에
농부의 마음도 돌덩이처럼 무겁다.
어부의 마음도 쇳덩이처럼 차갑다.

밥상에 오른 밥반찬들 비싸다 야단법석이다.
신문 방송에도 덩달아 춤추듯이 보도한다.

7. 농장 가장자리에 핀 꽃

농장 가장자리에 핀
패랭이꽃을 보면
갑자기 우즈베키스탄에서 갓 시집온
새색시 가슴에 증표처럼 달린
브릿지(Bridge)가 생각난다.

농장 가장자리에 핀
달맞이꽃을 보면
갑자기 백제 시대 정읍에서 행상 나간
남편을 그리워하는 한 여인이 부른
정읍사井邑詞 민요가 생각난다.

농장 가장자리에 핀
대추나무꽃을 보면
갑자기 벼락 맞은 대추나무
그 한 그루 나무의 고통
서랍 안 인장印章이 생각난다.

농장 가장자리에 핀
보리수꽃을 보면
갑자기 나무아미타불 관세음보살南無阿彌陀佛 觀世音菩薩
중생구원의 석가모니釋迦牟尼

염불念佛이 들려온다.

8. 발길 닿는 곳

발길 닿는 곳
고개 빳빳하게 쳐들다가
노거수老巨樹 장엄함에
저절로 고개 숙이면
바람 사이로 고운 햇살은 내려오고
노거수는
나를 반갑게 맞이한다.

발길 닿는 곳
건사한 노거수를
만날 때마다
어서 오거라. 반갑다.
아느니라. 다 아느니라.
잘 쉬었다 가거라.
나를 정겹게 반겨준다.

발길 닿는 곳
노거수는 나를 보고
함량 미달로 살아온 여정을
용서하듯이 건사한 모습으로
침묵의 사랑을 전한다.

발길 닿는 곳

세월을 품고 사는
노거수 앞에서 경외하면
하염없는 내 겸손은 결결이 묻어나
저절로 머리를 숙인다.

9. 설렘

바람이 불어온다.
그리운 사람의 손길처럼
구름이 몰려온다.
보고픈 사람의 발길처럼

여원 마음이 있는 사람이 있는 한
늘
살찐 마음이 있는 사람은 설렘이 된다.

말을 예쁘게 하는 사람은 설렘이 된다.
행동을 곱게 하는 사람은 설렘이 된다.

사람을 사랑으로 다가오는 사람은
설렘의 복으로 다독여 오는 사람이다.
사람을 소중하게 여겨오는 사람은
설렘을 복으로 가꾸어 오는 사람이다.

10. 약속은

약속은 신뢰가 동반하는 절대적인 계약으로

삶의 기둥으로 나 자신을 지키는 존중이다.

약속은 책임을 동반하는 가치의 표현으로
삶의 용기를 지키는 믿음을 다지는 희망이다.

약속은 어깨동무이자 악수의 정직한 시험으로
삶의 성실한 믿음에 대한 신뢰의 가치를 높인다.

약속은 사람과 사람 사이에 중요한 핵심의 근간으로
삶의 가교假橋에 으뜸으로 꽃피는 전능한 사랑이다.

11. 밥

외로움을 채우기 위해
쓸쓸함을 달래기 위해
밥을 먹는다.

삶을 여행하기 위해
사랑을 간구하기 위해
밥을 먹는다.

밥을 먹어야 하는 자구책으로
인생 고개를 넘다 보면
밥은 삶에 위로가 된다.
누군가의 영혼을 달래는
힘이 되고 격려가 된다.

12. 말씀

그대 말씀에 세월은 체온 속에 타고
가장 즐겁고 행복한 일들이 연기로 솟고
가장 슬프고 불행한 자국이 소멸해 간다.

오, 세월이 살다간 흔적처럼
그대 눈빛은 나를 단련시킨다.

그대 말씀에 아침은 다시 돌아오고
햇살은 점들의 집합으로 사랑을 오래 하고
마음은 가슴 뛰는 사랑으로 피어오른다.

오, 이 한때 지나갈 바람처럼
그대 영혼은 나를 위로하고 있다.

13. 사랑 앞에서는

행복해져라.
사랑 앞에 부쳐질 언어는
어둠은 밝아 올 빛을 밝힐 지시어로
내가 사는 일은
그저 당신이 좋은 이유다.

사랑 앞에서는
영혼도
지식도

절반이면 충분하다.

사랑 앞에서는
형상도
소유도
절반이면 충분하다.

행복해져라.
사랑 앞에 부쳐질 언어는
어둠은 밝아 올 빛을 밝힐 지시어로
내가 사는 일은
그저 당신이 좋은 이유다.

14. 일 앞에서

어부는 강 바다가 어머니의 품이고
강 바다를 경외하며 한평생 살아간다.

농부는 산 전답이 아버지의 품이고
산 전답을 의지하며 한평생 살아간다.

일은 신의 뜻대로 주어진 신성한 의미로
그 가치에 부응하기 위해

젖은 옷이 젖어도
까맣게 잊고 궂은일을 한다.

어부 농부는 일 앞에서
비바람 부는 밤에 뜬눈으로
기도하며 밤을 보낸다.

아무런 일 없어야지.
중력이 제로가 되어야지.

어부는 강 바다가 어머니의 품이고
강 바다를 경외하며 한평생 살아간다.

농부는 산 전답이 아버지의 품이고
산 전답을 의지하며 한평생 살아간다.

15. 예방 활동 메시지

재난사고 구조대원들 앞에서는
서정시抒情詩도 일제히 침몰한다.

재난사고 구조 일상에서
땀 흘려 피 흘림을 예방하는
반복된 교육훈련 중
곧바로 출동이 그렇다.

재난사고 구조 현장에는
비극의 슬픔 아닌 곳이
어느 한 곳도 없다.
사회 자연 재난 구조가 그렇다.

재난사고는 예고가 없다.
재난사고 방지는 유비무환有備無患이다.
예고 없어 예방 활동이 우선이다.
예방 활동이 그 시발점이다.

재난사고 구조대원들 앞에서는
서정시抒情詩도 일제히 침몰한다.

사는 일은 늘 기적이다 2

1. 살다 보니

굽은 길 가다 보면 이마에 부딪히는
그 절망을 걷어 내고 희망을 펼쳐 보면
눈앞에 보이는 것들 모두 다가 행복길.

걷는 길 캄캄하다 걱정을 하지 말고
나 하나 불 밝히면 어둠의 빛이 되고
행복한 보람의 꿈이 한꺼번에 확 보여.

삼거리 나타나서 두 길에 망설일 때
자세히 바라보고 좁은 길 선택하면
할 일이 차고 넘쳐서 사는 보람 더 느껴.

2. 익숙한 발견

유쾌한 이 아침이 얼마나 행복한가.
내일을 기약하는 기대 반 걱정의 반
이참에 내가 하는 일 그 보람을 누리네.

햇살에 묻어오는 바람의 온기 앞에
눈부신 잔광처럼 빛나는 이 순간에
새롭게 내가 가는 길 그 근원을 발견해.

바람의 회초리가 나약儒弱을 깨워 앉혀
살아서 해야 할 일 목록을 나열하고
빛으로 내가 살아갈 그 인연을 찾아내.

3. 꽃들의 향연

꽃들이 흔들리며 하늘을 바라본다.
바람에 못 견뎌 내 꽃가지 휘어져도
하늘 땅 검을 현玄자가 새초롬히 눈뜬다.

꽃들이 부대끼며 이 땅을 노래한다.
거뭇한 사랑에 내 사랑 빛바래도
봄비에 젖은 향연이 찬란하게 빛난다.

꽃들이 휘날리며 허공을 젓고 있다.
만나면 이별 앞에 달래 봐 내 아쉬움
정든 정 떼어 내기에 침묵으로 버틴다.

4. 흔들리는 꽃

온실 안 꽃식물은 봄 앓이 크게 한다.
밖에는 이미 온 봄 온실 안 아직 몰라
전생에 보호받은 일 맨 처음에 알았네.

이른 봄 열린 문에 들어 온 꽃샘추위
숨 차는 심호흡에 혼쭐난 꽃식물들
너에게 다가올 숙명 이미 지난 일이네.

그 얇은 비닐 사이 그 안과 바깥 차이
생사를 가늠하는 딴 세상 이야기다.
인터넷 주간 예보에 두 눈 바짝 긴장해.

5. 분간分揀

초목이 흔들릴 때 눈 들어 바라보면
바람에 흔들리는 숨 가쁜 초록 물결
바다가 왜 육지 곁에 넓이로만 보는가.

파도가 휘몰릴 때 눈 감고 들어보면
바람에 흔들리는 큰 파도 부딪히고
육지가 왜 바다 곁에 부피로만 보는가.

기쁨이 슬픔 안고 무작정 줄달음쳐
꿈인지 생시인지 분간이 영 안 갈 때
행복이 사치 아닐 때 높이로만 보는가.

6. 삶의 현장

이 세상 사는 동안 바람은 내 친구다.
흰 구름 아득한 날 고뇌의 바람 따라
길 하나 왔다가 가는 내 다리가 바쁘다.

나에게 다가오는 바람은 불멸이다.
한동안 머물다간 사랑의 밀도처럼
슬픔을 달래주고 간 내 가슴이 가쁘다.

일상에 머물러 온 바람은 갈등이다.
살면서 내 한계에 갈등의 형극처럼
눈물 나 흐느낄 무렵 내 머리가 아프다.

7. 가끔은

인생이 무덤덤한 평온만 유지하면
얼마나 따분해서 힘들게 지낼까요.
가끔은 복잡한 마음 생각하며 보내길.

시간을 허투루 써 후회가 따라오면
얼마나 안타깝게 시간을 보낼까요.
더러는 미련한 마음 안타깝게 여기길.

미래에 다가오는 기쁨이 조율하면
그대가 이끄는 길 바람이 불어 댔다.
참으로 노래 닮은 시 오선지에 표현을.

8. 절제로 다스리기

나무는 바람 불면 제 몸을 내어준다.
오로지 맡기는 건 바람의 의중으로
몸 하나 기꺼이 내어 꺾어지고 쓰러져.

강물이 불었다고 좋은 일 아닌 거야.
부피와 속력에서 가속도 더 붙어서
갈 길이 정말 위태해 안전 제일 멀어져.

행복이 왔다 갔다 울먹인 사계에서
희망을 꽃피워 낼 마음을 쓰다듬자.
힘들어 마음 지칠 때 하늘 중심 쳐다봐.

9. 차를 마시며

시간이 사랑처럼 온기로 피어날 때
포개진 웃음 한 점 폴 날린 풍경이다.
앉아서 만 리를 가는 잡담마저 녹는다.

노래가 소망처럼 흥건히 젖을 무렵
떠도는 부평초가 정지된 부호 된다.
돌아야 살아서 있는 팽이마저 멈춘다.

고독이 믿음처럼 저 혼자 꼬물대고
바위에 피어나는 이끼가 또렷하다.
나머지 수우미양가 가감승제 남았다.

10. 내 마음

내 생각 흐린 날은 거울을 닦아 보자.
기억이 멀어져간 그 얼굴 그리워져
내 마음 한길로 걷듯 발길까지 편하다.

그 사람 보고픈 날 마당을 쓸어 보자.
발길이 뜸해져 간 그 사람 생각하면
내 마음 한결 즐거워 가슴까지 쭉 편다.

이 시간 지루한 때 먼 하늘 바라보자.
손길로 닻 다루는 그 손을 떠 올리면
내 마음 기도하듯이 고요하게 멈춘다.

11. 서시序詩

장작을 쌓아 놓고 군불을 지필 무렵
내 생각 끝에 이미 커버린
아직도 그대 못 잊어 한 줌 재로 날린다.

군불을 지피려고 준비한 불쏘시개
쏟아진 겨울비에 제대로 못 지피고
자욱한 검은 연기만 처마 끝에 머문다.

아직도 떠오르는 간절한 기도 앞에
이 세상 단 하나만 간절한 소망처럼
오로지 자식 사랑이 눈꺼풀에 달렸다.

12. 각오覺悟

내려갈 길 없으면 마음은 이미 젖어
그리움 포기하고 몸 하나 간수 안 해
조용한 침묵의 여유 풍경소리 듣는다.

올라갈 길 있다면 마음을 이미 뛰어
그리움 웅비하고 몸 하나 용트림해
솟구친 언어의 찰나 몸부림을 쳐본다.

시간을 이고 지고 젊음을 밀고 끌어
오르며 내려온 길 그리움 담고 퍼내
생각 끝 멈춘 자리에 그대 모습 정겹다.

13. 할 일이 있다는 건

유효가 지난 일은 향기가 없어진다.
할 일이 있다는 건 그 꿈을 다시 찾아
그 꿈을 인생에 거는 삶의 유효 찾기다.

목적을 달성하면 향기가 없어진다.
할 일이 있다는 건 새 목표를 다시 찾아
목표를 인생에 거는 삶의 목적 찾기다.

성공에 도달하면 향기가 없어진다.
할 일이 있다는 건 새 도전을 다시 찾아
도전을 인생에 거는 삶의 성공 찾기다.

14. 내 사랑

내 사랑 너무 설레 밤잠을 설쳤어요.
속삭인 언어들로 피어난 야생화가
산야에 부는 바람에 속삭이고 있어요.

내 사랑 잊지 못해 불 꿈을 꾸었어요.
설레는 언어들로 피어난 야생화가
산야에 침묵 고요로 피어나고 있어요.

내 사랑 영원토록 노래를 불렀어요.
들뜸의 언어들로 피어난 야생화가
산야에 나를 불러 내 마주 보고 있어요.

15. 약속

이 세상 단 하나 꿈 간직한 내 각오는
마땅히 당당하게 서 있는 내가 되고
희망에 흔들려 피는 한 송이 꽃 되리라.

이 세상 단 하나 꿈 키워온 내 중심은
기꺼이 지혜 침묵 지키는 내가 되고
사랑에 인내로 가는 한 줄기 빛 되리라.

이 세상 단 하나 꿈 지켜 갈 내 중심은
정말로 굽은 그 길 걸어갈 내가 되고
허투루 가는 일 없는 한 가닥 길 되리라.

구멍의 위력

구멍은 찬 겨울에
그 위력이 대단하다.
송곳 구멍에
코끼리 바람 들어온다.

구멍은 막힐 때
그 위력 대단하다.
혈관 구멍이 막히면
갑자기 죽을 수도 있다.

구멍이 났을 때
그 위력 대단하다.
호미로 막을 물
삽으로도 막기가 참 어렵다.

구멍이 생길 때
그 위력 대단하다.
구멍 난 물탱크에
물 부어도 아무런 소용이 없다.

2025년 봄, 남부지방 산불 후에 부쳐

1.

대한민국 유사 이래 가장 큰 남부지방 산불로
목숨 앗아 간 31명
부상자 51명
이재민 수천 명
피해면적 4만8,238ha
시설 소실 7,848개소

갑자기 삶을 송두리째 빼앗긴 사람들
악조건에서도 혼신으로 진력한 진압대원들
그들을 아낌없이 지원한 정부 개인 단체 봉사자들
그들 모두는 물론
하늘도 울고 땅도 울고 온 국민도 함께 울었다.

평소 산불 예방 방송 차량이 골골을 외치고 다녀도
대부분 사람의 사소한 부주의 실화로
결국 서울 면적 8할 정도를 활활 태우고 말았다.
산불로 유명을 달리한 분들의 명복을 빈다.
부상자들의 빠른 쾌유를 빈다.
이재민들의 빠른 정상적인 일상생활을 기원한다.

그렇다. 모두가 넋 놓고 기다릴 순 없었다.
정부를 포함한 기관 개인 단체는
너 나 없이 두 팔 걷고 신발 끈 고쳐 묶고
성심으로 줄지어 복구 구호 활동 지원에 애쓰고 있다.
우리 국민의 단합된 애국심의 위대한 환난상휼의 저력이다.

하나
산불에 대한 국민의 끊임없는 경각심 교육이다.
예고 없는 산불 예방에 늘 명심 또 명심을 생활화로 실천할 일이다.

둘
산불진압 차단에 대한 유비무환의 방호환경조성이다.
 산림 도로 구축 확대, 소방장비(물 포함)·인력확보로 산불진압에 즉각
투입 해야 한다.

셋
산불 대응체계를 효율적으로 대응관리를 해야 한다.
 산불 발생 시 즉각적인 구조 방호 행정지원을 선제적으로 가동해야
할 일이다.

넷
산림관리에 대한 전반사항을 검토하여 수정 보완이다.
산불에 강한 수종의 조림 육성에 혁신적으로 접근 시도할 일이다.

다섯
이재민의 피해에 대한 과감한 복구지원의 우선이다.

산불로 발생한 국민의 심신 치료와 생활안전을 신속히 도모할 일이다.

2.

화마가 지나간 후 아픔의 고통에서 버티는 사람들
일상이 무너지고 평정심을 되찾아 오기에 힘들어
오로지 살겠다는 한탄의 강을 힘겹게 건너고 있다.

우리는 한결같이 서로의 상생의 길 펼쳐가야 한다.
전부를 다 한꺼번에 충족시킬 수는 없지만 다 함께
상생의 길 닦고 다져 삶을 통해 치유해 나가야 한다.

외지인들은 발길을 한 번이라도 더 닿게 해 무언으로
아픔을 함께하는 심심한 위로를 행동으로 보여주고
지역경제가 적어도 산불 이전의 모습으로 되찾게 하자.

수많은 숨은 봉사자들이 흘리는 헌신의 땀은 보람을
오랜 세월이 흘러도 값진 환난상휼의 그 위대한 정신을
다 모아 이 난관을 극복할 위대한 위업을 이룩해 가자.

옛 속담에 '하늘은 스스로 돕는 자를 돕는다.'고 했다.
그렇다. 내 작은 행동 하나가 큰 기적을 이룰 수 있다.
작은 냇물들이 모이고 모여 큰 강물을 이루어 흘러간다.

그렇다. 평일은 평일대로 공휴일은 공휴일대로 서로 맞춰
가족과 함께 지인들과 함께 산불이 지나간 현장으로 가
아픔을 함께하고 무너진 삶에 굳센 희망이 솟게 하자.

한 사람 한 사람들의 작은 힘이 위대한 저력이 될 수 있다.
우리 다 같이 사람들의 아픔을 나누고 지역경제를 살리자.
우리는 동참을 행동으로 보여주고 실천을 꼭 담아 내 보자.

그대, 선운사에

1

그대, 선운사에 핀 상사화를 보셨나요.
내가 처음 그 상사화를 보고
가슴에 담아 이따금 바라보는 것처럼.

그대, 선운사에 핀 동백꽃을 보셨나요.
내가 처음 그 동백꽃을 보고
가슴에 담아 이따금 바라보는 것처럼.

그대, 선운사에 선 소나무를 보셨나요.
내가 처음 그 소나무를 보고
가슴에 담아 이따금 바라보는 것처럼.

그대, 선운사에 큰 바위를 보셨나요.
내가 처음 그 큰 바위를 보고
가슴에 담아 이따금 바라보는 것처럼.

2

그대, 선운사에 울리는 풍경소리를 들어 보셨나요.
내가 처음 그 풍경소리를 듣고
가슴에 새겨 이따금 들어 보는 것처럼.

그대, 선운사에 들리는 독경 소리를 들어 보셨나요.
내가 처음 그 독경 소리를 듣고
노을에 담아 이따금 들어 보는 것처럼.

그대, 선운사에 우짖는 산새 소리를 들어 보셨나요.
내가 처음 그 산새 소리를 듣고
구름에 헹궈 이따금 들어 보는 것처럼.

그대, 선운사에 굽이진 산길을 걸어가 보셨나요.
내가 처음 그 산길에 숨소리 듣고
나이에 맡겨 이따금 들어 보는 것처럼.

3

그대 선운사 경내 길을 걸어 보셨나요.
바람이 불어오면 그리운 사람이
바람보다 더 먼저 가버리고
구름이 몰려오면 그리운 사람이
구름보다 더 먼저 흘러가고
햇빛이 내려오면 그리운 사람이
햇빛보다 더 먼저 사라지는
그대 선운사 경내 길을 걸어 보셨나요.

4

선운사 동백 아래 수다히 핀
빨강 상사화를 보셨나요.

생과 사 가슴에 피멍이 진 채로
울음 태워 절규로 남은
그 빨강 상사화를 보셨나요.

선운사 동백 아래 수다히 핀
노랑 상사화를 보셨나요.
생과 사 가슴에 종기 곪은 채로
등신불의 보시로 남은
그 노랑 상사화를 보셨나요.

보령시 원산도

섬 섬이 어깨동무하고
길이 되었다.

수수 억 년 동안 불어온 바람이
수수 억 개의 윤슬로 반짝인다.

너와 내가 만나서
원산도에 살아 보니
따뜻한 정이 들었다.
고운 마음 고였다.

원래
섬과 바다는 하나였듯이
너와 나는
한마음이 되었다.

섬 섬이 어깨동무하고
사랑이 되었다.

해풍이 날마다 부는 곳

오 열대 사바나의 기후에 남기 위해
진화해 아우러진 동식물 살아 있다.
여러 종교에 향유문화 다민족.
연방의 말레이시아
그들의 삶 공존해.

한때는 불모지로 버려진 척박한 땅
위기를 극복하여 허브로 탈바꿈했다.
번영된 영화로움 그 저력 위대해.
도시의 싱가폴 국가
청렴 실천 그 으뜸.

수 세기世紀 전해오는 굴곡의 고비마다
시련의 결이 일어 사연이 총총 박혀있다.
그 아픈 사연 해풍에 다 드러나.
서글픈 오끼나와 섬
파도조차 눈 못 떠.

태평양 망망대해 미국의 마지막 주州
역사에 얽힌 사건 아픔에 얼룩졌다.
캄차카반도 바람 불어와 깨끗한 천지天地.

화산대 하와이제도
살만한 곳 손꼽혀.

텃새

아주 오래전에
사람들이 모여 살던 마을에는
텃새 무리도 참 많았다.
사람들 눈치 보며 삶의 둥지 틀고 살아온
텃새가 너무 흔했다.
오래전에는
텃새가 높이 날지 않았다.
텃새가 멀리 날지 않았다.
텃새가 오래 날지 않았다.

요즘 요즘에
사람들이 떠나간 빈 마을에는
텃새가 드물게 남아 있다.
사람들 눈치 볼일 없어 튼 둥지로
텃새가 보기 드물다.
요즘에는
텃새가 높이 날아다닌다.
텃새가 멀리 날아다닌다.
텃새가 오래 날아다닌다.

상처 난 꽃을 보면

상처 난 꽃을 보면
그곳의
기후 토질 햇빛의
흔적이 훤히 다 보인다.

상처 난 꽃에
마음이 더 가는 것은
기후의 영향인가.
토질의 척박인가.
햇빛의 외면인가.

바람 살짝 불어도
벌 나비 외면하는 것을
우두거니 바라보면
영영 마음이 짠하다.

상처 난 꽃을 보면
그곳의
기후 토질 햇빛의
흔적이 훤히 다 보인다.

만족滿足

나무 밑 작은 평상平床
그리고 흔들의자 한 개
불어오는 바람결에
햇빛 한 줌이면 그만이다.

봄 여름 가을 겨울
흔들의자에 앉았다가
가끔 평상에 누워
하늘을 보면 행복의 중심이다.

걸어온 길
멀고도 먼 그 길을
생각하면 발걸음이 자박자박 걸어오고
돌아보면 인생길이 굽이굽이 아득하다.

삶의 희열에
얼굴 상기한 그 시절이
삶의 고뇌에
얼굴 바뀌온 그 시절이
이제는 모두 하나같이
공손의 감사로 갱신하고 있다.

일상을 관조하면
오만 가지 생각 끝에
차지게 확 피어 있는 꽃들을 보고
오지게 매달린 열매를 본다.

나무 밑 작은 평상平床
그리고 흔들의자 한 개
불어오는 바람결에
햇빛 한 줌이면 그만이다.

묵상默想

1. 행복

웃으면
행복이 옵니다.
행복이 춤을 추며
찾아옵니다.

웃다 보면
행복이 옵니다.
행복이 넝쿨째로
굴러옵니다.

웃어요.
아주 즐겁게
언제나 행복하게.

2. 꽃

하루가
확 퍼졌다고
자만하지 마라.

하루가
폭 삭았다고
실망하지 마라.

여태까지
인내로 밀어 올린
그 열정의
꽃은
참으로 위대했다.

3. 희망

미어지는
가슴에서
용솟음으로
차오른
열정이다.

사랑처럼
위대한
삶의 흔적을
따라온
저력이다.

용암처럼
솟구친
열망의

꽃이다.

역사처럼
냉철한
이성의
씨앗이다.

4. 노을
바람에
일렁이는
햇빛 닮은
그대
마음이다.

욕망에
허망처럼
거품 이는
내
포구다.

5. 뒤란
머리로만
살아 보려고
세월 앞에
마음 상해

후회하는
미련이다.

가슴을
더 따습게
데우려다가
시간 뒤에
후회하는
고독이다.

6. 삶

기도가
믿음으로
승화해
마음의
유산遺産일 때
번뇌煩惱는
사랑으로
융해되어
눈目으로
옮겨 간다.

기도에 들고 싶다

파도가 노래할 줄도 모르면서
철썩이고 있을 때는
바람이 춤사위 할 줄 모르면서
마구 불고 있을 때는
기도에 들고 싶다.

하루가 짧다고 그걸 못 참고
여유가 초조로 바뀔 때는
하루가 길다고 그걸 못 보내
시간을 함부로 보낼 때는
기도에 들고 싶다.

언어로 인해 근본 드러나
공해를 마구 유발할 때는
행동이 소심한 열성劣性으로
침묵에 빠져 허적일 때는
기도에 들고 싶다.

믿음이 비등석처럼 끓어 올라
신뢰가 흔들려 무너질 때는
사랑이 느닷없이 변해갈 무렵

미움이 허들로 일어설 때는
기도에 들고 싶다.

침묵沈默하라

침묵하라.
그리고 침묵하라.
그래도 침묵하라.

초목은 침묵으로 전신이 눈이 된다.
기후는 침묵으로 시간을 다스린다.
우리는
경청으로 침묵의 설렘을 잔뜩 기대한다.

태풍이 오기 전 왜 바다와 하늘이 고요한 줄 아니
침묵의 전운이 감도는 찰나에 긴장이 팽팽한 거야.
염천 더위에 왜 산천초목 모두가 고요한 줄 아니
침묵의 고통이 머무는 순간에 기류가 불안한 거야.

살면서 왜 언어의 모서리가 칼날을 세워 서는 줄 아니
침묵이 방향 잃은 채 의욕 앞세워 인내가 부족인 거야.
살면서 왜 행동의 뒷모습이 몽돌이 못 되는 줄 아니
침묵이 한참 부족해 마음 다스림이 그 부재인 거야.

침묵하라.
그리고 침묵하라.
그래도 침묵하라.

초목은 침묵으로 전신이 눈이 된다.
기후는 침묵으로 시간을 다스린다.
우리는
경청으로 침묵의 설렘을 잔뜩 기대한다.

재난 활동 현장에서는

재난 활동 현장에서는
누구에게도
말 못 할 비밀이 있다.

재난 활동 현장에서는
생명이 위협받고
재산이 소실되어
현실도 시공을 넘는
초현실의 긴장이 감돈다.

재난 활동 현장에서는
인명 구조 재산 보호에
입 마름 가슴이 타는
영광의 자랑스러움이
섬광처럼 아주 강렬하다.

보라,
재난 활동 현장에서는
숭고한 희생이
횃불로 빛나도록
불사조처럼
일상으로 귀환할 때까지

아주 경건한 기도 안에서
가장 용맹스럽게
우리는 헌신을 다한다.

재난 활동 현장에서는
누구에게도
말 못 할 비밀이 있다.

삶의 연가戀歌

1. 섬돌

마루 앞 섬돌이 하도 높아
이마 방아를 수없이 찧었다.

내 이마에 훈장 같은 흉터를 남긴
섬돌.
그 주변에 수북이 자란 풀 섶에
개미 떼가 줄지어 오가고 있다.

며칠 전 내린 비에 기어 나왔다가
납작한 사체가 된
지렁이를 떠메고 가고 있다.

2. 나팔꽃

앞마당 텃밭에 옥수수 키 따라
나팔꽃 송이송이 뚜 뚜 뚜 피었다.

수염 마른 옥수수를 꺾지 못하게 막은
나팔꽃.
그 자리는 이미 시멘트 콘크리트로
겹겹이 포장되었다.

아련한 옛날이 스멀스멀 겹쳐지고
함박웃음 귀에 걸고 뛰놀던
아이들 소리가 들리고 있다.

3. 봉창

서산에 해는 이미 넘어가고
봉창에 달빛 아롱거리고 있다.

어두운 밤이 오면 달빛 섬광에 광란狂亂의
봉창封窓.
천지간 만물이 조율해 온 산천초목이
그 모습 음성 율동 다 담아내고 있다.

저 위대한 대자연의 오케스트라,
달빛 향연이 닫혔던 마음을 연다.
아, 그 심오한 때가 오래오래 그립다.

4. 소방교육장

생사가 교차하는 찰나의 갈림길,
재난 대응인 양성하는 소방학교가 있다.

숭고한 희생 봉사 그 으뜸 열정의
소방교육장消防敎育場.
봄 여름 가을 겨울 하루 25시를 초월해
온몸이 부서지도록 뛰면서 가르쳤다.

그래도 그때의 고민 성찰은
완벽하진 못했어도 열정이었다.
나와의 분명한 약속 실천이었다.

5. 재난안전교육

안전은 비등석처럼 춤추는 게 아니라
안전은 스펀지처럼 서서히 스미는 것이다.

낯익은 것과 쉽게 이별하지 못하는
재난안전교육災難安全敎育.
안전교육 전문강사, 소방안전컨설턴트로
살아 온 내 여정은 클래식이다.

살면서 안전 제일 배려 존중 신뢰는
백야처럼 밝아오는 여명의 샛별이다.
비 갠 뒤 산뜻한 해맑은 햇살이다.

6. 농사

농사일은 손쉬운 것이 결코 아니다.
적어도 자신을 성찰 고민하는 수양이다.

늘 관심 열정 배려 인내를 그 밑거름으로 한
농사農事
때맞춰 살피고 지켜보는 웃거름을 동행해야만
시작과 끝이 보이고 결실을 거둔다.

오래전부터 아버지 흉내 낸 농사인데도
나는 아직 반복해서 배우는 왕 초보자다.
아직도 힘주어 말하지 못하는 초보 일꾼이다.

7. 시 쓰는 일

고요한 맑은 생각이 마음에 차오를 때 시를 설계하고
늘 부족해도 감사한 마음이 서서히 스며들 때 시를 쓴다.

늘 관심 배려로 위안이 쌓여 순간 포착으로 빅뱅이 된다.
시 쓰는 일.
시간 공간이 허물어지고 무게와 질량이 영영 제로가 된다.
배려 겸손이 사랑으로 깨어나 보송한 깃을 틀고 걸어간다.

마음에서 가슴으로 전해지는 나긋나긋한 따뜻한 언어들이
조화로운 빨주노초파남보 그 한계를 벋어 난 색깔로 덧칠해
시방+方에서 울컥한 설움을 화음으로 조율해 가고 있다.

만약에, 이따금

1.

만약에
말﹦語이 시간을 노래한다면
당신이 시간을
값지게 보내도록 기도하겠다.

만약에
말﹦語이 공간을 노래한다면
당신의 공간이
멋지게 빛나도록 응원하겠다.

만약에
말﹦語이 일생을 노래한다면
당신의 일생이
신나게 행복하게 동행하겠다.

2.

이따금
햇빛이 바람에 흔들릴 때면
당신의 얼굴
다정히 보살피며 웃어보겠다.

이따금
달빛이 소리에 빗금 칠 때면
당신의 말씀
유심히 경청하며 두 손 잡겠다.

이따금
별빛이 어둠에 흔들거리면
당신의 가슴
숨소리 참 곱도록 침묵하겠다.

그래서 나 늘 행복하다

잠 깨면 맨 먼저
지난밤 기도하는 참 고마운 사람.
그래서 나 늘 행복하다.

해 뜨면 맨 먼저
햇살을 노래하는 참 투명한 사람.
그래서 나 늘 행복하다.

별 뜨면 맨 먼저
별빛에 율동하는 참 신명 난 사람.
그래서 나 늘 행복하다.

달 뜨면 맨 먼저
달빛에 감사하는 참 즐거운 사람.
그래서 나 늘 행복하다.

잠들 때 맨 먼저
오늘에 기도하는 참 복 겨운 사람.
그래서 나 늘 행복하다.

그 얼굴

꽃 보면 가장 먼저 떠오르는 그대
말없이 피어나서 늘 내게 웃고 있다.
인연의 고운 꽃으로 곱게 피는 그 얼굴.

별 보면 가장 먼저 떠오르는 그대
어둠에 밝게 빛나 늘 나를 지켜본다.
그리움 품은 별처럼 반짝이는 그 얼굴.

비雨 오면 가장 먼저 떠오르는 그대
등짝이 젖으면서 늘 나를 가려준다.
배려를 생활화해온 참 해맑은 그 얼굴.

눈雪 오면 가장 먼저 떠오르는 그대
한 결로 응원하며 늘 내 등 두들긴다.
따스한 모닥불처럼 온기 어린 그 얼굴.

산골 소야곡

깊은 밤 내내 어둠을 연거푸 퍼마셨는데
아침에 빈 그릇 같은 광명이 다가왔다.
가벼워 견딜 수 없는 지독한 미련이 있다.
저 무공無空에 그리움 가득 채워질까.

산바람 골 따라 내려와 초목이 흔들렸는데
가장 먼저 약해진 청솔 나무가 쓰러졌다.
계곡 산안개가 도랑물 소리 덥석 덮고 있다.
저 허전한 빈자리는 자연스럽게 채워질까.

풀벌레 소리 자욱한 풀 섶에 이슬 맺혔는데
심란한 내 가슴에 사랑의 빛이 밝아 왔다.
이상 더 증발할 수 없는 향기 스미고 있다.
저 고운 사랑에 취한 찰나 가득 채워질까.

흙냄새 퍼지는 산골에 밤공기 맑아졌는데
구성져 아우러진 정서가 산등선을 감았다.
순박한 천성에 고요로 젖은 옛정이 있다.
저 착한 마음의 씨앗 뿌리면 희망 채워질까.

바위에 박제된 무거운 아픔이 도져왔는데
표피와 진피 사이 아픔이 가득 스며들었다.

무채색 수채화 같은 못한 바보 사랑이다.
저 따스한 온기가 스몄다면 기쁨 채워질까.

재난안전관리에 관한 시

시간은 늘 앞으로만 가고
뒤 돌아오지 않는다.
삶의 현장에 재난사고 예방 시간도
늘 앞으로만 가고 뒤 돌아오지 않는다.

예방은 늘 앞으로 일어날 재난사고를
선제적 미리 대비하여 예방하고
절대로 재난 사고가 일어나지 못하게
빈틈없이 철저히 대비하는 일이다.

삶의 현장에 재난사고 예방실천은
앞으로 일어날 수 있는 재난사고를
사전에 예견하여 유비무환有備無患으로
철저히 대비 예방하는 일이다.

우리가 살면서 부딪히는 수많은
자연재난 재해사고를 예방하자.
사회재난 피해사고를 예방하자.
나 너 그리고 우리가
미리 지키고 또 미리 대비하여
재해사고 피해사고를 아예 근절하자.
나중은 없다.

나중은 때늦은 후회로 아무런 소용없다.

재난사고 예방은
소중한 사람들의 목숨을
늘 보호하고 지켜가는
으뜸 중의 으뜸 일이다.

삶의 현장에 재난사고 예방에 소홀히 하는 일은
절대 있어서도 절대로 있을 수 없는 일이다.
재난사고 예방에 대한 무시다.
재난사고 예방에 대한 모독이다.
소중한 사람들의 목숨을 지켜가는 일을
아예 포기해 버리는 일이다.

철저한 재난사고 예방은 신성한 삶의 원천이요.
철저한 재난사고 예방이 시작과 끝의 출발점이다.
더 안전한 삶을 영위하기 위해서
우리 모두
재난사고 발생 근절을 위해 미리 대비 예방하자.

* 재난災難: 국민의 생명·신체·재산과 국가에 피해를 주거나 줄 수 있는 것.

* 자연재난自然災難: 태풍, 홍수, 호우豪雨, 강풍, 풍랑, 해일海溢, 대설, 한파, 낙뢰, 가뭄, 폭염, 지진, 황사黃砂, 조류藻類 대발생, 조수潮水, 화산활동, 「우주개발 진흥법」에 따른 자연우주물체의 추락·충돌, 그 밖에 이에 준하는 자연현상으로 인하여 발생하는 재해.

* 사회재난社會災難: 화재·붕괴·폭발·교통사고(항공사고 및 해상사고를 포함한다)·화생방사고·환경오염사고·다중운집인파사고 등으로 인하여 발생하는 대통령령으로 정하는 규모 이상의 피해와 국가핵심기반의 마비, 「감염병의 예방 및 관리에 관한 법률」에 따른 감염병 또는 「가축전염병예방법」에 따른 가축전염병의 확산, 「미세먼지 저감 및 관리에 관한 특별법」에 따른 미세먼지, 「우주개발 진흥법」에 따른 인공우주물체의 추락·충돌 등으로 인한 피해.

그대 맘 햇살같이

풀벌레 노래하는 팔월을 맞이하면
바람도 숨 가쁘게 더위만 뿜어낸다.
삼복三伏에 눈 마주친 별 무리에
그대 맘 햇살같이 참말 곱게 흔들려.

간밤에 내린 이슬에 아침은 젖어
시간은 천근만근 쇠줄로 늘어진다.
사랑의 애절한 노래가 들려 오면
그대 맘 햇살같이 보배인 듯 반짝여.

고독한 시간은 가로세로 줄로 짜여
아득한 옛날 꿈이 저절로 일어난다.
추억에 아린 그리움 떠 올릴 무렵
그대 맘 햇살같이 사랑인 듯 토닥여.

지혜가 그리우면 세모 네모를 그려
외로움 담을 원을 크게 그려본다.
세상에는 외로운 꽃들 환희 펴
그대 맘 햇살같이 등대처럼 불 밝혀.

여행 旅行

익숙한 것을 결별하기까지 오랜 시간이 걸렸다.
익숙한 것들을 잊기까지는 참 많은 인내가 필요했다.

위도와 경도가 달라 시차가 나는
그곳에 가 어울리는 것은 정말 낯설다.
그것은 삼원색 혹은 무지갯빛의 선택사항이다.

깨달음이 있는 여행은 자기 사랑의 긴 여정이다.
기후가 달라 생활언어 문화가 다른 귀착지에
이방인으로 바람에 지워질 흔적을 남기다 보면
생각은 뼈다귀에 걸려 그림자로 속절없이 증발한다.

돌아서면 기억 뒤에 기약하는 목록이 빼곡하다.
돌아보면 잠들지 못한 영혼의 나침반이 보인다.
낯선 곳에 바라보기에 익숙하지 못한 나에게
가벼움으로 발걸음으로 내 중력을 떠받쳐 본다.

그리운 것은 항상 부족함으로 채워 가는 것이다.
보고픈 것은 항상 그리움으로 그려 가는 것이다.
힘겨워도 이해할 수 있는 침묵이 공존의 이유로
익숙한 것을 결별하고 나를 되돌아보는 일이다.

생존 방법生存方法

농작물은 뇌가 없다.
온몸이 뇌다.
농작물은 눈이 없다.
온몸이 눈이다.
농작물은 입이 없다.
온몸이 입이다.
농작물은 코가 없다.
온몸이 코다.
농작물은 귀가 없다.
온몸이 귀다.
농작물은 팔이 없다.
온몸이 팔이다.
농작물은 다리가 없다.
온몸이 다리다.

내 발걸음 소리에
농작물이 깜짝 놀라고 있다.
농작물이 부쩍 자라고 있다.
그들의 생존 방법生存方法이다.

느티나무

동구 밖에 경외하는
늙은 느티나무가
연륜이 너무 많아
속이 뭉텅 삭았다.
이미 나이테가 삭아 내려
흔적도 없이 속이 텅 비어
바람만 숭숭 드나들고 있다.

세월 앞 장사 없다는 말
정말 빈말이 아니다.
세월 앞 생로병사生老病死에
들이밀 것도 당길 것도 없다.

느티나무는 오로지 지긋이 눈감고
그 숙명을 받아들이고 있다.
다 안다는 듯이 수행을 하고 있다.

느티나무가 노쇠해 가장 먼저
힘 빠져 늙는 곳은 밑동이라 했다.
태풍이 무섭다고 했다.
그래도 아직은
버틸 때까지 버텨 볼 요량이다.

숲속의 사랑

지척에 두고 온 해진 바람을
낙엽이 알아채고 바삭거린다.
얼마나 목이 타면 저럴까.

말랑한 솜사탕 뭉게구름이
느슨한 틈에 곁눈질하다가
햇빛에 낯 발갛게 확 들켰다.

정오는 민망한 일이라 떠들다
가혹한 언어를 유기한 채로
검푸른 얼굴을 쿡쿡 찔렀다.

지엄한 사랑도 정말 아닌데
등 굽은 나무 허리 못 펴고
고독한 산하를 힐끔거렸다.

물

1.

윗물이 고요하면
아랫물도 고요하다.

탐욕貪慾을 버리면
그 발걸음 소리도 조용하다.

물이 위태해 가는 생명에
온기가 되는 것은
온전히 낮은 곳 향해
항상 고요하게 흘러가는 것이다.

2.

윗물이 청정하면
아랫물도 청정하다.

불의不義를 버리면
그 행동도 한 결로 당당하다.

물이 시들어 가는 초목에
생기가 되는 것은

온전히 낮은 곳 향해
항상 청청하게 흘러가는 것이다.

절집寺에서

1.

비에 젖은 산이 울고 있다.
산이 혈맥처럼 수심愁心에 잠겨있다.
세찬 비바람 산을 실컷 울리고 있다.

세찬 비바람을 맞아야만
시련을 이겨내는 힘이 된다면
기꺼이 기력이 소진해도
한 생애 고인 모든 그리움을
분말噴沫로 층층이 살포하겠다.

고독함이 너무 많은 산골짜기에
공허한 아픔이 쟁여오는 날이면
해탈解脫에 탈진한 부처가 보인다.

나무아미타南無阿彌陀佛이
머리 밖으로 나와
유성처럼 빗금을 친다.

오만 가지 목탁 소리에
천지간이 상서上瑞롭다.

2.

눈에 덮인 산이 웃고 있다.
산이 등 차가워 배 깔고 누워 있다.
세찬 눈보라 산을 맘껏 웃기고 있다.

세찬 눈보라에 휘날리면
시련을 극복하는 열정 된다면
기꺼이 열정을 다 바쳐서
한 생애 쌓인 모든 추억들을
포말泡沫로 온전히 덮게 하겠다.

고독함이 너무 많은 산골짜기에
공허한 아픔이 쟁여오는 날이면
해탈解脫에 탈진한 부처가 보인다.

관세음보살觀世音菩薩이
심장 밖으로 나와
샛별처럼 빛나고 있다.

백팔번뇌百八煩惱 탑돌이 중에
천지간이 조화調和롭다.

길 위에 길을 걷다 보면

길 위에 길을 걷다 보면
동행은 필수 되고
숨 멎는 순간도 평화가 된다.
한시도 길을 버리지 못해
움켜쥔 나 홀로 섬이 되다가
천년 아프게 한 바람을 맞는다.
외로우면 외로운 대로
유유한 사연을 들어주고
허허한 빈 길을 닦아 본다.

길 위에 길을 걷다 보면
침묵은 당연하고
기도하는 자세는 자유가 된다.
때로는 길을 펴지도 못해
숨 막힌 나 홀로 벽이 되다가
천년 눈감아 온 바위를 만진다.
그리우면 그리운 대로
유일한 말을 엮어 주고
산뜻한 새 길을 내어 본다.

아, 자유다. 평화다

바람이 구름을 몰고 가고
구름이 바람에 저항하는
팽팽한 평행선이 형성될 때
괜스레 불안해지는 이 지상에
누구도 이의를 제기하지 않는다.

바람이 힘세면 구름은 밀려가고
구름의 저항이 세면 바람은 고요하다.

삶은 뇌가 없는
구름 같은 것
삶이 구름 같아 뭉글거려도
희노애락喜怒愛樂을 안다.

삶은 뇌가 없는
바람 같은 것
삶이 바람 같아 윙윙거려도
생노병사生老病死를 안다.

햇빛 아래 구름 꽃 피고 있다.
별빛 아래 바람꽃 피고 있다.
아, 자유다. 평화다.

재난현장활동 _{災難現場活動}

자욱한 해무海霧 걷어 내고
증발한 햇살은 어디 있을까.
자욱한 운무雲霧 걷어 내고
증발한 햇살은 어디 있을까.

위기의 자연재난현장에서
봉사로 참여한
그들은 모두 위대했다.
위기의 사회재난현장에서
봉사로 참여한
그들은 모두 위대했다.

자욱한 해무海霧 걷어 내듯이
자욱한 운무雲霧 걷어 내듯이
자연재난현장 활동은
사회재난현장 활동은
참 위대했다.
참 숭고했다.

우리들의 위대한 저력이었다.
아무런 보상도 바라지 않는
이 시대의 값진 희생정신이었다.

돌

돌이 없는 곳에서는
돌이 귀한 존재가 된다.

일용할 밥그릇이 되고
위대한 예술조각품이 되고
편리한 농기구가 되고
강력한 무기가 되어 온
돌이다.

돌은 눈이 없다.
돌은 귀가 없다.

그래도
볼 것은 다 보고 있고
들을 것은 다 듣고 있다.

그러나
다만 침묵할 뿐이다.
돌 앞에 경의를 표한다.

포구浦口에서 2

통통배 사라진 곳 하염없이 바라본다.
수평선을 대략 짐작해 긋다 보면
함정에 걸리는 일이다.
함정에 빠지는 일이다.
한 성깔 하는 파도에
큰 칼을 맡겨놓은 위험한 일이다.

무작정 수평선을 바라보는 일은
다시 올 수 없는 짠한 그리움이다.
텅 빈 물살로 퍼져온 역린을 건드려
하늘 바다는 수평선에서 만난다.

가끔은 체념해야 할 일인데
쉼 없이 철썩거리는 파도 소리가
외로운 마음을 섧게 울리고 있다.

내가 포구에 정박할 때 바람은
마음에 물 퍼 던지며 괴성을 질렀다.

어처구니가 없는 바람은 모래밭에서
성난 파도를 부추기고 있다.

파도는 아직 미련 못 버린 집착으로
바람 앞에 장엄하게 순절殉節하고 있다.

말言語의 진위파악眞僞把握

산다는 말
그리 녹록하지 않다는 것은
사는 일은
이미 진행형에 있는 일이라
정말 산다는 말은 쉽지 않다.

아프다는 말
그리 별일 아니라고 하는 것은
아픈 일은
이미 고통 상태에 있는 일이라
정말 아프다는 말은 견디기 힘들다.

괜찮다는 말
그리 편하지 않은 상태라는 것은
괜찮은 것은
이미 불편해 있는 일이라
정말 괜찮다는 말은 참을만한 정도다.

죽는다는 말
그리 아무렇지도 않다는 것은
죽는 일은

아직 겪어 본 일이 아니라
정말 죽는다는 말은 두려운 공포다.

그림 연정戀情

구름을 그리면
네가 학처럼 훨훨 날아올까.

산을 그리면
네가 비탈에 오래 서 있을까.

강물을 그리면
네가 건너올 튼튼한 다리를 지을까.

풀잎을 그리면
네가 영롱한 이슬방울로 맺힐까.

봉선화를 그리면
네 예쁜 손톱이 훤히 보일까.

마음을 그리면
네 고운 마음이 머물고 있을까.

사랑의 노래

네 눈높이로 오래 바라보면
내 마음 설렘으로 참 행복하다.

네 눈빛 의연함 바라보면
내 눈빛 익숙함이 고여있다.

네 언어 향기 느껴 보면
내 가슴에 빛이 새로 스며있다.

네 정갈한 모습을 바라보면
내 영혼도 아름다워 맑아진다.

네 여행을 떠나는 모습에서
내 삶의 짐 드는 일 느껴진다.

네 진실한 맑은 얼굴에서
내 새로운 인생을 시작한다.

네 기쁨을 축복하는 음악에서
내 진실로 신뢰를 발견한다.

기다림

기다림이 없다는 것은 생각만 해도 끔찍하다.
산다는 일은 쉼표가 있어 그래도 생기 돋는다.
기다림은 쉼표의 괄호 안 물음표의 숨소리다.

은하수 별빛이 머리 위에 우수수 쏟아질 때도
끝없이 선을 이은 온 조바심에 기다림이 있다.
사랑하는 인연의 만남도 설렘의 기다림이 있다.

기다림은 만남이 아니어도 충분한 필요조건이다.
기다림은 한번 단 한 번에 끝나는 일이 아니다.
기다림은 행복했고 '기다려서 행복했노라.'고 했다.

기다림에는 유효기간이 없다. 아픔 고통이 있어도
이해할 수 없는 실망이 따라도 아름답게 빛난다.
기다림에 세월은 가고 기다림에 그리움은 남는다.

철 이른 쪽파 수확

밭갈이 일정에 맞춰
덜 영근 쪽파를 쏙쏙 뽑았다.

새파랗게 질린 듯
두 눈을 부릅뜬 채
쌍칼 날 겨루듯
내 눈을 겨냥한 쪽파들이
내게 원망하듯
경계를 잔뜩 하고 있다.

머잖아
쪽파잎이 누렇게 말라갈 무렵
꽃대들은 모조리 펄펄 살아나서
머리를 꼿꼿하게 세우고
나를 마구 겨냥할 것이다.

나는 두 눈 꼭 감고
참회로 용서를 청해 본다.

어쩌다 괭이 삽 호미에 상처 난
개구리 굼벵이 흙 지렁이도 생각하며.

한정찬 시인

□ 월간 소방문학 대표, (사)한국공무원문학협회원, (사)한국문인협회원·충남지회원·천안지부회원, (사)국제펜한국본부회원·충남지역위원회원, 한국시조시인협회원, 무천문학동인, 내포문학회원, 거창문학회원, 충남시인협회원, 천안시인회원

□ 시집 30권: 한 줄기 바람(1988), 불 꿈(1991), 불문의 시(1992), 계절의 끄나풀을 풀어 헤집고(1993), 생활이야기 동행(1993), 그리움은 언제나 꽃이 되고 별이 되어(1994), 창가에 부는 바람(1995), 기다림을 아는 자의 노래(1996), 탑의 언어(1997), 사랑의 이름으로(1999), 처용이 사는 곳(1999), 그대 가슴 속 노을 진 강가에 서서(2008), 겨울나무야, 겨울나무야(2010), 세상사는 일 감동스러움은 드물지만(2012), 내가 살아오는 동안에(2015), 세월에게 길을 묻고 그 답을 찾다(2015), 한 길을 걷고 또, 한 길을 걸어(2015), 반중 조홍감이(2015), 생각하면 그리운 사람, 부르면 눈물 나는 사람(2016), 이순 역을 지나며(2016), 익숙한 들뜸에서 설렘은 일어난다(2017), 참살이(2019), 꽃비 내리던 날(2020), 아모르파티(2020), 시 시조 동시 한마당(2022), 시의 시그널을 스캔하다(2023), 한정찬의 시 이야기(2024), 한정찬의 1분 묵상 문학(2024), 내 이렇게 살다 보니(2025), 사는 일은 기적이다(2025).

□ 시전집 등 4권: 한정찬 시전집 「제1시전집」(2002), 「제2시전집」(2002), 한정찬 시선집 「삶은 문학으로 빛난다」(2024), 소방안전칼럼집 「공유하는 것이 더 안전하다. (영어, 일본어, 중국어, 베트남어 4개 국어 수록)」(2023)

□ 훈포장·표창·상 등: 녹조근정훈장, 근정포장, 장관 표창 5회, 청장 표창, 도지사 표창, 충남도지사 감사패, 순천향대학교 총장 감사패, 국무총리상, 도지사상 2회, 농촌문학상, 옥로문학상, 충남문학발전대상, 충남펜문학상, 충남문학대상, 충청남도문화상 외

□ 주소 : 31170 충남 천안시 서북구 광장로 260. 104동 1103호(불당동, 한화꿈에그린아파트)
□ 전화 010-7463-9632, E-mail sobangmunhak1@naver.com

사는 일은 늘 기적이다

한정찬 제30시집